李文亮醫師遺像畫，圖中寫的是余秀華的詩：「長江之水載舟也覆舟，黃河之浪渡人也渡鬼。」（肖美麗提供）

护士尹艳 因过度
疲劳晕倒在医院
旁的马路上

2020. 2.13.

Meili

2月13日，漢川市一名負責處理肺炎隔離病房醫療垃圾的護理師尹艷，因疲勞過度而暈倒在前往廢棄物倉庫的路上。（圖／文：肖美麗提供）

2月9日，武漢一名叫李麗娜的女子，在絕望中於陽臺上敲鑼為新型冠狀病毒肺炎確診的母親求醫院床位。喊著：「救命啊，快來人啊，實在沒得辦法了……」（圖／文：肖美麗提供）

90歲老人徐美武的兒子是新型冠狀病毒肺炎確診者，她在重症病房看顧時，因為醫院周圍什麼也買不到，只好去找別的家屬「要飯」。（圖／文：肖美麗提供）

一間餐廳外穿著防護衣的人。

左｜武漢封城後，超市裡頭戴塑膠袋出門採買的人。
右｜路邊清點物資的快遞員。

武漢市宣布自2月11日起實施封閉管理，郭晶居住的社區2月15日開始須有出入證才能出門。2月26日，她見到有居民正從外面回來，忍不住寫下：「不知道何時我才能再走出那扇門。」

公園裡運動的人，彼此之間保持著一定的距離。

一處被封閉的小區，路口有一個工作站。

和身著防護服醫護人員對話的老人。

堆積在路邊的愛心物資。

上左｜幾乎被清空的貨架。
上右｜藥局前排隊的人和人之間，有默契地隔著一段安全距離。
下｜不知道封城會持續多久，人人都到超市搶購物資。

Diary of the Wuhan Lockdown

武漢封城日記

郭晶
Guo Jing

目次

序
封鎖中的光

郭晶　2020年3月4日，寫於武漢

1月23日，武漢封城。

這究竟意味著什麼？無人知曉。

有朋友建議我寫日記，雖然我有很多顧慮，但還是開始寫了。因為我是一個社會工作者，而我剛好處於一個事件現場，記錄是我最基本的責任。現在回頭看，寫日記是我在封鎖中重建日常生活的一部分，日記成為我和別人建立連結的一種方式。

要在一個病毒集中爆發的封鎖之城裡生活，本身就有困難。起初最緊要的事情是保證自己的生存，盡量不讓自己生病。

我一開始毫無頭緒，很多判斷都很當下，就連第一次囤食物都是朋友提醒我的。封鎖中的生活很難有長期

的計畫，我甚至不知道第二天還能不能出門。

　　我沒有想到自己能夠堅持每天寫日記。這大概是我第一次這麼做，至今竟然持續寫日記超過了1個月。

　　日記是很私密的，一般人不會把日記給別人看。但我寫日記之初就是要給別人看的，難免要向別人做自我暴露，這是一件不容易的事，因為我們都不會輕易暴露自己的脆弱。把日記公開必然會帶來別人的評論，我盡量不去在意。

　　這是我的日記，寫作裡必然包含「我」。對此，我也盡量克制，因為我寫的不僅是「我」的日記，更是「我在武漢」的日記。這不是純粹的個人日記，而是用日記的方式進行公共敘事。書寫的過程中，我難免會有情緒，有時候寫完日記後都沒有力氣再檢查一遍，發布後的內容裡於是有一些錯別字，還好大家都很包容。後來有朋友幫忙檢查錯別字，真是感激不盡。

　　我不是一個專門的寫作者，也沒有什麼文筆。沒想到日記意外得到了一些關注和喜愛。我收到很多人的回饋，很多人表示因此了解了武漢的真實情況，也有人從中獲取了力量。

有一天，我的日記沒有在朋友圈發出來，一個網友在晚上11點多發訊息問我：「一直沒有等到妳今晚在朋友圈的發文，妳一切都還好吧？」這太令人感動了。

不過，寫日記後獲得的關注也讓我有不適感。這次疫情中需要關注的人特別多，很多人需要實際的說明，很多人因為得不到救治而死去。我還活著，這讓我有強烈的內疚感。而且，我還有一定的寫作能力。在這座被封鎖的城市裡，能夠寫作也是一種特權。堅持寫作是此刻我對社會有所貢獻的一種方式。我盡力記錄自己的真實感受，也努力記錄我的所見所聞。

被封鎖的不只是城市，還有資訊。我的日記也遭受了封鎖。我無法忽視自己所在的社會，寫的時候已然帶有一定程度的自我審查。但儘管如此，我的日記還是受到了審查，發在微博上的篇章被限制了流量，無法自動顯示在別人的瀏覽頁面上，別人要專門點進我的頁面才能看到。而在微信上，我也偶爾會遇到文章發不出去的情況，就連把文字轉成圖片都沒法解決。

持續寫日記的過程中，我把自己的微信QRcode公

開在網路上，在封鎖中建立新的連結。有人因此向我求助，或者聯繫到我想要捐獻物資的，我就去聯絡可靠的志工團隊，提供一些微小的幫助。看到疫情期間家暴依然在發生，我就和朋友們商量可以做什麼，聯合綠芽基金會，發起了「反家暴小疫苗」的倡議活動，呼籲大家成為反家暴小疫苗，做積極的旁觀者，可以協助報警，可以手抄或列印反家暴倡議書，貼在社區的走廊或電梯裡。

在這封城時期的日記裡，還有很多我的女權夥伴們的智慧。這段封鎖時期之中，我們每天晚上都會聊2、3個小時的天。這是十分難能可貴的友誼。

我的日記，在一定程度上記錄了我們如何一起度過封鎖。

來到武漢是一個巧合，剛來1、2個月就遇到如此浩大的肺炎是個巧合，開始寫日記也是巧合。但一切也並非是巧合那麼簡單。我想也來說一下偶然背後的必然。

我是一個社會工作者，2012年在讀大學的時候就開始參與女權行動，曾給校長寄信呼籲調整學校的男女廁所比例，第二年38婦女節，有些教學樓上的男廁便改為女廁。

行動能夠帶來改變，也是一種自我賦權。

2014年，畢業找工作的時候，我應聘杭州新東方烹飪學校的文案一職，卻因那個職位「僅限男性」被拒絕。於是，我把新東方烹飪學校告上法庭。那是我第一次打官司，而因為就業性別歧視的法律尚不完善，打官司的過程中遇到很多坎坷。法律規定，法院接到起訴狀後7天內要做出立案與否的決定，然而我花了1個月立案。後來在婦女權益工作者、律師、女權行動者等多方的幫助下，我打贏了中國第一個就業性別歧視的官司。我希望傳遞自己受過的幫助，為其他遭遇就業性別歧視的女性提供力所能及的支援。在助人工作中，我也不斷獲取力量。

2017年，我和志同道合的夥伴一起發起了「074職場女性法律熱線」，致力於為遭遇就業性別歧視的女

性提供法律支援。5年間，我從一個求職時遭遇性別歧視，憤而將招聘單位告上法庭的大學畢業生，成為了一名也為其他有相似遭遇的女性提供援助的人。

仔細回想起來，我接觸的第一個大城市就是武漢。

我2010年讀大學，在河南的信陽讀書，信陽是一個閉塞的城市。社工是一個實踐性強的專業，但我們基本上都只是學習課本上的知識。2012年，我大三，想要打破現實的閉塞，開始通過網路了解外面的世界。那時我還沒有自己的電腦，就每天去學校的電子閱覽室，關注了一些社工的平臺、帳號，還看了一些名校的公開課。

信陽離武漢很近，坐火車3個小時左右就到。正巧，當時我看到有一個前沿社會工作實務課程培訓班要在武漢舉辦。我看到消息時，已經過了報名截止日期，但我還是抱著試一試的心態打電話過去，主辦方也給了我這個機會。我的舍友聽說我要去這個培訓，都表示擔心，覺得很難核實資訊的真實性。但我想要了解社工實務的決心大過了擔憂，就毅然去了武漢的這個培訓班。

培訓結束後，主辦方邀請廣州去的社工參訪武漢的一些社工機構，我便向主辦方爭取一起去的機會。能聽那些社工分享實踐的經驗對我來說十分難得。從那以後，我就開始積極地參加社會活動，而女權的活動是影響我最深的。從小，我就對日常生活的性別不平等有不滿和疑惑，女權主義解答了我的疑惑。女權主義思想具有極強的批判性和反思性，它也引導我進行自我覺察，覺察自己和社會的關係。

武漢面積有8,000多平方公里，長江和漢水在武漢交匯，將武漢分為漢口、漢陽、武昌三鎮。武昌是政教中心，武漢的高校都集中在武昌；漢口是商業中心，批發和零售集中在漢口；漢陽是製造業中心，汽車、生物製造都在漢陽。我住在武昌，離長江幾百米的距離，江對面是漢口。

2012年之後，武漢開始大規模地興建地鐵，所以我之前來武漢，總是看到很多地方在進行修建工程。於是，這次（2019年11月）來武漢，我便選擇了一個交通相對便利的位置，出入更方便。雖然所處的地理位置

便利，但我目前在武漢還是處於一個相對孤立的處境，寫日記讓我打破了地域上的封鎖，讓我有機會和更多人建立起連結。

《BBC新聞》翻譯並轉載了我的日記後，有很多來自世界各地的朋友表達了關心。有的是居住在國外的中國人，也有關注疫情的外國人，他們的關切是我收穫到的意外感動。起初，大家對武漢是基於人道主義的關注。然而隨著疫情的擴散，很多國家都有了新型冠狀病毒的確診病例，日本、韓國、義大利、伊朗等國家的情況也已經很嚴峻。有更多人的生活受到新冠肺炎的影響，隨之而來的還有很多社會問題，比如企業破產、大規模的失業、歧視等。

災難本身就能帶來破壞性的毀滅，而如果控制災難的方式不合理，則會加劇災難帶給人的創傷。

這次疫情中免不了會有不必要的犧牲和不公正的死亡。活著的人要如何處理喪親的痛苦、對不公的憤怒、活著的內疚等種種複雜的情感？還有，政府究竟該如何應對災難以及伴隨的次生災難呢？

此外，病毒帶來的恐懼在蔓延，恐懼帶來的歧視、暴力也在發生。很多湖北人在外被隔離，或是受到暴力對待。

克服恐懼不容易，但我們該盡力去了解更多消息，關於病毒的資訊、關於如何防控的資訊，保護好自己，不傷害別人。

在封鎖中，有很多人在一起形成了網路，注意到不同弱勢群體的需求，做了大量的志願工作。這是黑暗中的光，照亮著我們前行的路。

能有機會出版我的日記是一種幸運，我也在努力成為一個連結點。

儘管我們在空間上被隔離，但依然可以通過網路建立聯繫、一起行動，在困境中找到掌控感，一起創造希望。

第一章

一個城市就這樣一下子停了下來

1月23日

我是一個遇事冷靜的人

　　我算是一個遇事冷靜、淡定的人，直到1月20日武漢新增病例過百，別的省市出現病例，我才開始不知所措。此前公布的消息顯然存在瞞報的情況。也是從那天起，武漢街頭戴口罩的人突增，好多藥局的醫用口罩都賣光了，還有很多人在買防治感冒的藥。

　　剛好這段時間我有點感冒，儘管基本好了，但在排隊買口罩的時候，看到前面的人買了4盒奧司他韋（防治流感的藥），我也買了1盒，62元（人民幣，後同），還是有點貴。

　　這幾天我一直處於焦慮中，從各地更新的消息來看，大部分確診的都是在15日前來過武漢的。武漢是全球大學生人數最多的城市，1月中旬正好是大學放假的時間。現在又正值春運，車站人流量必然很大。不過，武漢火車站並沒有嚴格的監管。

　　我春節本來就不回家，留在原地是最安全的。今天

一早醒來看到封城的消息整個人不知所措，無法預料這意味著什麼，會封多久、要做什麼準備？

這幾天看到很多令人憤怒的消息：很多病人確診後沒能住院；很多發燒的病人無法得到醫治；湖北省委書記、省人大常委會主任蔣超良，省委副書記、省長王曉東等領導於1月21日觀看了湖北省春節團拜會文藝演出……朋友們讓我趕快囤點東西，我本來不想出門，但看到外賣「餓了麼」還在接單，就先下了單，但又擔心外賣也隨時會停。

我也抱著看看外面的情況的心情出了門，街上基本上都是中老年人，年輕人比較少。到了附近的超市，很多人都在排隊結帳，架上米、麵這些保命的食物已經所剩無幾啦。慌亂之中我隨便拿了一些。

有個男的買了很多鹽，有人問說：「你買那麼多鹽幹啥？」他回說：「萬一封個1年呢！」出門的時候，我沒想太多，沒背背包，也沒拉箱子，拿不了很多東西，於是我後來又出門了一趟，開始意識到剛才「搶東西」時絕望的欣喜，便開始覺得可怕。路上有些老人並不健壯，他們在這樣的情況下想必更艱難吧。

我覺得即便封城應該還是會供應日常生活用品，所以第二趟出門就買了一些「奢侈品」，像優酪乳、蜂蜜等等。回家的路上去了趟藥局，藥局在開始控制進店的人數了。藥局的口罩和酒精都已經賣光，感冒藥也在限購，等我買完東西準備出藥局的時候，店家就不讓人進店了。有個中年女人攔住我，讓我幫她買酒精，她的語氣充滿了急切，像是在乞求救命稻草。

　　囤完食物後，我依然處於震驚中。今天路上的車輛和行人愈來愈少，一個城市就這樣一下子停了下來。

　　它什麼時候再活過來？

網友留言：

郭晶妳有口罩嗎，沒有的話我可以寄一些給妳。

1月24日
世界安靜得可怕

　　世界安靜得可怕。我是獨居，偶爾聽到樓道裡的聲音才能確定還有其他人在。

　　我有很多時間思考自己要怎麼活下去。我沒有任何體制內的資源和人脈，如果我生病，必然跟很多普通人一樣無法得到救治。因此，我的目標之一是盡量不讓自己生病，我要堅持鍛煉。此外，要活下去食物也是必要的，所以我需要了解生活必需品的供給情況。目前，政府沒有說要封城多久，也沒有告訴我們封城後怎麼保證城市的運轉。有人根據目前感染的人數，預測封城可能會持續到5月。

　　為了生存，我必須了解自己生活的地方的周圍情況，不要活在楚門的世界中。因此，我今天出了門。

　　社區樓下的藥局和便利店都沒營業。我往附近不到1公里左右的超市走，路上看到了「餓了麼」的外送

員還在送餐，感到一絲絲安慰。超市裡搶購的人依然很多，麵類幾乎被搶光了，米倒是還有一些。我想著既然來了，就買一些東西。蔬菜類需要稱重，而稱重的隊伍排了2、30人，我於是只買了一些香腸、下飯菜、餃子、肉。

接下來，我去了藥局，口罩和酒精依然沒有貨。我買了維他命C發泡錠和碘酒。我家裡幾乎不儲存藥物，因為很少生病。我決定這段時間堅持吃維他命C發泡錠。排隊結帳的時候，見到很多人戴雙層口罩，我也決定要仿效。前面的一對夫妻在聊著還要買什麼，他們買了一次性的醫用手套，說出門可以戴，真是太聰明了。我趕快也買了1盒。後來，醫用口罩到貨了，1袋100個，我本來拿了2袋，但店員說1袋要價198，我就默默放回去了1袋。結帳的時候卻發現1袋只要99，我又後悔了。雖然如此，我還是增加了可以活久一些的信心。

匱乏讓人沒有安全感，尤其在這種攸關生存的極端情況下。

我又去了菜市場，營業的攤位少了一半，賣的菜也比較少。我買了芹菜、蒜苔和雞蛋。有零星幾間店開著門；香辣牛肉麵的老闆說他們今天內就會暫停營業。賣花圈的店我沒問，他們似乎在看SARS的紀錄片。後來看到間花店，竟然還開著，真讓人意外，下次出門要是它還開著，我就買個盆栽。

　　回家後，我把身上的衣服全洗了，也洗了澡。

　　保持清潔衛生現在異常重要。我一天大概要洗2、30次手。

　　我的半天就這樣結束了，接著開始做午飯。

　　出趟門讓我感到和這個世界還有連結，也從別人那裡學到了一些生存的小技巧。這場戰爭裡，大多個體都只能靠自己，沒有體制的保障。我相對年輕，很難想像那些獨居老人、殘障人士等更弱勢的個體要怎麼打贏這場仗。

網友留言：

* 我哥哥也一個人在武漢，我每天給他打一通電話
  確保他安全。很難過，希望這場戰役快點打贏。

* 我們宜昌也封城了，建議妳，買米和油，還有馬
  鈴薯、胡蘿蔔、洋蔥這類耐放的東西，肉不吃沒
  關係，可是蔬菜類不能不吃。有米和油，吃炒飯
  也能過。我和我老公看了下米和油還很夠，就沒
  出去搶東西了。

* 希望妳下次出門，這個城市已經活了過來，然後
  買盆盆栽，慶祝她的新生。

1月25日
這是一條我沒有走過的路

武漢的天氣正如現在的武漢一樣陰鬱。

昨天是除夕，今天是春節。我對節日一向沒有太大興趣，現在節日更加與我無關了。

昨天，我發了自己這兩天的經歷和感受，意外地獲得了很多人的關注。這種關注變成我和世界的一種聯繫。

朋友建議我把自己在武漢的經歷寫出來的時候，我有些許猶豫。原因有很多，其中一個是因為我不想被當作一個徹底悲慘的受害者，不想讓別人只留下「她真慘」的印象。

我是在2019年11月才搬到武漢的，很多人並不知道我搬到這裡來，我不太想應對太多問候；可能有人會想幫我，但我不想給別人帶來麻煩。此外，我對獲取關注也感到不適，坦白講，我不是最慘的，還有更多生病的人需要切實的關注。但可能更根本的理由是，我不願

意承認自己很慘，因為承認自己的弱勢需要勇氣。然而，作為一個宣導性別平等的行動者，我比別人更清楚要解決一個社會問題，首先要有人發聲，因此我決定嘗試堅持記錄下這一切，因為我現在的確需要支援。

公開自己的紀錄後，我獲得了許多資訊，包括實用的生活技巧：比如還是不要每天吃維他命C發泡錠、注意拿下口罩和手套的方式、奧司他韋不能隨便吃；還有感動和心靈慰藉，有人說要給我寄南京的鹽水鴨，不是那種超市買的鹽水鴨，也不是所謂的名牌鹽水鴨，是那種平時排隊買的滷味店的，民間老百姓都覺得特別好吃，可以真空包裝的；有人提醒我記得塗護唇膏；有人寄口罩、酒精給我，還有朋友匯錢給我。

這兩天做飯的時候我已經開始控制菜量，每頓炒菜的菜量是平時的一半，希望只吃鹹菜的生活不要那麼快來。除夕夜，我的晚餐是300克的玉米蔬菜豬肉餡餃子，外加5支紅燒雞翅。當然，昨晚沒有減量。

吃飯的時候，我跟一些朋友視訊聊天，大家都無法逃過肺炎的話題。其實各地的人都多多少少受到一些影

響，有朋友在武漢的地級市；有不同地方的朋友因為肺炎決定不回家；有朋友「冒死」相聚。幸好，我們的談話沒有被肺炎完全占據，談肺炎的時候還可以拿它調侃。視訊過程中有個朋友咳嗽了，有人開玩笑說請退出視訊。

出於對異性戀的嘲諷，我們開始玩「讓陌生人迅速相愛的36個問題」。[1] 第一個問題是：「如果可以在世界上所有人中任意選擇，你想邀請誰共進晚餐？」有2個朋友說想邀我，我略顯尷尬。她們當然是真心的，尤其是我現在不知道要被困在一個城市多久。我插了話說，這個問題應該是讓大家說自己的偶像、明星、性幻想對象才對。結果，大家的答案都很特別，還有人選了鍾南山。

第二個問題是：「你想成名嗎？想以什麼方式成名？」由於如果回答「不想成名」就沒法繼續進行下去

1　編注：來自心理學家 Arthur Aron的實驗，理論是人與人之間能否發展出親密關係，並非共享的快樂，而是互相袒露的脆弱；共有3組，一共36個問題，一組比一組問題更深入。

了，我們便把問題改成：「如果要出名，你想以什麼方式成名？」後來可能是因為題組的問題沒那麼有趣，我們很快就止住不玩了。不知道要聊什麼，就有人說最近困惑於一些話題，想要跟大家一起討論。我們於是就開始了嚴肅的議題討論，包括為什麼大家都在攻擊吳昕個人、怎麼看待親密關係中女性的示弱。我的女權夥伴總是會看到女性所處的環境，而不只單看某個人的言行。討伐個人總是更容易，可是我們處在一個社會結構中。比如，我現在的絕望感無法歸咎於某個具體的個人，而是對腐爛的社會制度和結構的失望。政府是有資源和權力的一方，理應有所作為，但事實正相反。後來，有朋友的家人點了燒烤外賣，看著她們在我面前肆無忌憚地吃燒烤好幸福。我也很開心她們沒有回避我，因為這完全沒有必要。每個人過好自己的生活都很重要。

我們聊到11點多，聊了差不多3個小時。我感到片刻的幸福，以為可以帶著這份滿足睡去。沒想到閉上眼睛，最近發生的種種開始在腦子裡閃現，這一切真的太魔幻了。

我的腦子裡閃過「我為什麼會遇到這樣的事」，便

趕快止住不去想這件事，因為這是一個不太好的預兆；人如果一味質疑生活，只會增加無力感。我知道很難，可是「怎麼辦」更重要。想著想著，我的淚水不自覺地流出來。這些淚水五味雜陳，有無力，有憤怒，有感動，有傷心⋯⋯我還想到了死亡，其實沒有太大的遺憾，因為我已經在做我認為有價值的工作。

我人生最幸運的事情就是成為一個女權主義者，並和一群志同道合的夥伴一起工作，互相支援和陪伴。然而，我始終不想結束，於是腦子裡又冒出了「解封後要做什麼」的念頭。我想像那該是怎樣的喜悅啊！度過這一關，我的人生就又升了一級。後來又很快打斷這個想法，畢竟才封城了2天。不知道這麼想了多久，我終於睡去。

今天早上7點多我就醒了，不想起來，賴了一會又睡不著還是起床啦。疑病可能是現在最大的心理障礙。我早上擤鼻涕的時候發現有血絲，著實嚇了一跳。丟掉衛生紙後對生病的擔憂就在腦子裡揮之不去，又回想了12月底至今一切可疑的跡象：我12月30日去同濟醫院

眼科做檢查，1月9日去桂林玩，當時有朋友感冒，我就被傳染了；1月13日回武漢，我沒有吃藥，但感冒明顯有好轉。之後，有朋友在我家住了幾天，其間我也見過幾個朋友，她們目前都還好。我又在想自己是不是不應該出門？可是我並沒有發燒，很有食欲，想和朋友一起吃火鍋。我不能讓自己困在疑病的漩渦中，便打開健身App「Keep」，開始做運動。做完運動後，我還是出了門。

外頭依然很蕭條。

今天我戴了雙層口罩，儘管很多人說這樣做沒用也沒有必要。我擔心萬一有假冒偽劣產品，再不濟它也能增加我的安全感。

出門的時候，我照了照電梯的鏡子，發現自己有眼屎，覺得還是不處理比較好，就隨它去了。走到路上，看到一家腰花麵店開了門，我剛要往裡面走，老闆就擺了擺手表示不營業。花圈店還開著，而且特地在門口擺了些菊花，不知道是否有特別的寓意。離花圈店5公尺

遠的一個巷子口擺著同樣的菊花，一個老人家站在那裡，有種蕭穆的感覺，我走過了才小心翼翼地扭過頭拍照。

我去了同一家超市，蔬菜架上差不多空蕩蕩的，餃子和麵條也所剩無幾。今天沒什麼人排隊稱重，我就買了一些番薯。來超市好像就必須買一些東西，其實我已經存了大概7公斤的米，但我又買了2.5公斤，還沒忍住，再加買了一些餃子、鹹蛋、腸、紅豆、綠豆、小米。我並不怎麼喜歡吃鹹蛋，存著只是以防萬一。等解封了，如果這些鹹蛋剩下來了的話，我要把它送人。

忽然覺得這種做法有點病態，因為其實我家裡儲備的食物至少夠我吃1個月啦。可是，我又怎能在這種情況下過分苛責自己呢？

我也去了同一家藥局，問有沒有酒精，店員回答完「沒有」後，又說：「妳昨天不是來過嗎？」我回說是呀，心想我可能會每天都來。

花店還開著，剩下的盆栽都沒有那麼綠意盎然。我就選了一盆葉子上有些斑點的綠蘿，因為它好養。我家裡有一盆病了的薄荷，它的葉子開始慢慢變黃。這是

幾乎被清空的菜架。

我第一次養薄荷，不確定是怎麼回事，不知道拿它怎麼辦。接著，我去了菜市場，它今天沒有營業。

我計畫今天去江邊走一走。

出門的時候喝了點水，逛超市的時候就有尿意，再加上拎著東西，便有點想放棄計畫。可是，我的生活實在太單調了。

超市離江邊的距離大概 500 公尺，我從超市旁邊的路繞去江邊，路上有 2 家小賣鋪開門營業，還有人在遛狗。

這是一條我沒有走過的路，莫名覺得自己的世界被打開了一點點。

江邊有零星散步的人，他們也是不願被困住的人吧。

每天去超市對我來說像是在抓住最後一些可以抓住的東西。我不能每天都去超市，得讓自己有放鬆的時間。等哪天有太陽，我就不去超市，只到江邊走一走。

網友留言：

- 希望哪天出太陽了，妳能去江邊走走。

- 這是真實的圍城生活。

- 今天在BBC中文網的首頁看到妳的文章。妳不孤獨，有千萬個看過文章的人都默默為妳打氣加油。

1月26日

被封鎖的還有人們的聲音

正在被封鎖的不只是一個個城市,還有人們的聲音。

我第一天把日記發在微博上的時候,圖片上傳不了,文字也發不出去,我只得把文字轉成圖片發。昨天,我把文字轉成圖片也無法在朋友圈發,發布在微博上之後則明顯被限制了流量。1月24日,我發表的微博日記有近5,000人轉發,而昨天的只有45人轉發。有一瞬間,我還懷疑是不是自己寫得不好。

網路的審查和限制不是現在才有,可在這個時候顯得更加殘忍。很多封城的人被困在家裡,大家靠網路獲取資訊,保持和家人朋友的聯繫,讓我們不用真的成為孤島。24日我發了微博之後,央視《新聞調查》的編導打了電話給我,她說看到我的微博,沒想到我在武漢。她去年拍了一期關於就業性別歧視的節目,因為我這些年一直在做相關的工作,她就採訪了我。那之後我

們很少聯繫，接到她的電話，我有些驚喜和感動。

這兩天，有人跟我分享他們現在的處境，有人發來關心和祝福。一開始寫日記的時候，我不確定自己是否能堅持每天寫，但現在我決定許下這個承諾：**我會堅持寫，並努力發出來。**也許之後還會有封鎖，我希望大家看到我的日記就幫忙轉發，並記得@我，讓我知道有人在看。

昨天的晚飯是番薯、優酪乳和炒茄子。

昨晚，我又和朋友們視訊聊天了3個多小時，閒聊了很多。我們又聊到「如果可以在世界上所有人中任意選擇，你想邀請誰共進晚餐」，前一天選擇跟我一起吃晚飯的朋友，昨天就換了邀約人選。

大家都知道保持鍛煉很重要，可是一個人很難堅持下去。

前幾天在我家借住的朋友說，她在我家的時候可以做到每天逼著我倆練烏克麗麗，但她自己一個人在家就沒有練了。於是我們提議大家在視訊的時候做運動，真的有好幾個人實行了。

一個在北京的朋友說，北京的城際大巴停運了。廣州的朋友也有看到一些關於廣州封城的小道消息。大家叫我寫一下自己的購物清單（我放在這篇日記的最尾巴啦）。我們也聊到很多志願組織，有組織捐贈物資的，有整理資訊的。

我們還擔心在肺炎風暴中女性照顧者等女性的身分和視角可能會被忽略，於是我就建立一個「關於肺炎的女權主義者」的群組，希望從女權的視角展開討論和行動。

和大家一起討論怎麼辦，可以幫助個體克服一些無力感。

生活發生巨變的時候，重新建立日常會是一個巨大的挑戰。早上我繼續使用「Keep」做運動。「Keep」是有提示音的，本來該做棒式側抬膝的時候，我突然意識到自己在做直臂平板式觸肩。我並沒有集中注意力在做運動，腦子被很多東西占據著。但是建立新的日常生活是在找回掌控感，為了保持健康，我必須要努力。

準備出門的時候，我發現昨天外出的衣服洗好但忘了晾，於是不得不再準備一套出門穿的衣服。

走出社區的那一刻，蕭條感撲面而來。兩邊的店鋪全都沒開。我只看到3個人，1個環衛工，1個門衛，還有1個路人。我開始在心裡數自己今天遇到多少人。

　　走到離我家500公尺的腰花麵店時，一路上我總共遇到了8個人。腰花麵店還開著門，老闆原來在做外賣。花圈店則不營業了。昨天的那個老人家還站在巷子口，沒戴口罩，看著零星的路人。超市還開著，放蔬菜、麵條、米的架子都空蕩蕩的，今天再次有很多人在排隊稱重。我在超市轉了一圈，今天終於沒有再買東西啦，有些自豪。花店店員外出送花了，菜市場依然關著。

　　走完每天必走的路線，我突然不想回家，不想讓生活困在一定範圍內。於是，我決定往前走一走。

　　來武漢2個多月了，我不喜歡逛街，在這個城市也沒什麼朋友，很少出門。12月底一個朋友從外地來，她帶我去了我家附近的網紅街——曇華林。當時我說，以後有朋友來我就可以帶她們來這裡。今天看到路上有去往曇華林的指示牌，我就跟著走啦。

紅綠燈還亮著，看到紅燈，我自覺地停了一下，然後驚覺路上根本沒有車，就繼續走。指示牌把我引到了一個城中村，走在狹窄的小道上，聽著自己的腳步聲，我彷彿對武漢多了一些了解。

有一扇開著的門裡擺著靈堂，不知道她是不是死於肺炎。

城中村總是像迷宮，置身其中不知道會通往哪裡。我不知道自己走到了哪裡去了，但反正沒有走到曇華林。不過，曇華林本來也不是我必須的目的地。走了大概1公里，我就打道回府。回程路上，那個擺著靈堂的門關上了。路上4、5家的門口都貼著輓聯，第一次路過的時候我壓根沒有注意到這些。

從超市開始我就沒法精確地計數啦，今天大概遇到了百餘人吧。

回家依然是洗衣服、洗澡、拖地、做飯。吃完飯，我才覺得自己終於能喘口氣了，也有些許疲憊。這大概就是很多家庭主婦的日常工作吧，她們能日復一日地如

此真是厲害。

　　我打算睡一會，但也沒睡著，因為想著要寫今天的紀錄。我要繼續發聲，打破封鎖，也希望你保有希望。朋友，有機會的話，我們見面聊。

〔購物清單〕

　　生存底線：米、麵條、鹹菜、鹹蛋等（這些屬於必
　　　需且保命的食物，且可以存放很久）。
　　基本生活：馬鈴薯、紅蘿蔔、洋蔥、芹菜、蒜苔、
　　　肉等（這些屬於日常做飯的食材，相對耐放）。
　　「奢侈品」：小魚乾、豆乾、肉乾、蜂蜜、優酪乳
　　　等（這些食品可以一定程度上減少我們的匱乏
　　　感，感到生活不只有生存下去而已）。

拉下鐵門的花圈店。

網友留言：

• 一切都會好起來的，囤點泡麵吧！我在秦皇島，也是個旅遊城市，我們囤了6箱。今天我出去買了10來根胡蘿蔔，耐放的蔬菜可以吃好久，電、水、瓦斯也都充足。

• 好想陪妳。我也在武漢，整天失眠。吃飯也不知道該吃什麼才好。

第二章

在封鎖中重新尋找自己的位置

1月27日

世界如此荒誕

　　昨天寫完日記後，我在床上癱了2、3個小時。沒想到寫日記是如此耗費心力的事情。這場封鎖讓時間和空間靜止了下來，我們的情感和情緒則被放大了。

　　我從未如此關注過自己，很多細小的思緒在此刻很難轉瞬即逝。我們平常有很多管道調整、發洩甚至逃避自己的負面情緒。而在封鎖中，這變得異常困難。以往我們可以通過聚會、玩遊戲、發展興趣愛好等很多方式自我調節，如今都難以做到。

　　有個巨大的陰霾占據了我們的生活，我們無法忽略。

　　我有個愛玩遊戲的朋友，她最近失業，她說她焦慮得都不想玩遊戲了。打遊戲是她日常逃避生活的一個方式，而當找工作這件事緊要到她無法逃避的時候，打遊戲就失去了意義。

　　躺在床上刷手機的時候，我突然聽到鄰居的談笑

聲，覺得異常珍貴。這幾天在外面看到的都是緊張和焦慮。在網路上則看到了些心酸而搞笑的事情，有人打開窗戶大喊：「對面有沒有人？出來吵個架呀！」有人說自己和另一半一起困在家裡，沒事光做愛做到厭煩。

昨天的晚餐是麵條。我依舊和朋友視訊聊天了3個多小時。

有個最近打了耳洞的朋友耳針掉了，現在不敢出門買，就用茶葉梗暫時頂著用。有個在洛陽的朋友說她爸爸特別淡定，可能因為他經歷過了很多事情吧。

災難似乎是人類無法逃避的一部分，比如2003年，我們經歷了SARS；2008年，我們經歷了汶川地震。

大家後來不知道怎麼談到了穿晚禮服的那種高級派對。有人提議武漢解除封鎖之後，為我辦一個派對，不過大夥說要買衣服太貴了，那些衣服平常也不方便穿。有人問說明年春節會不會有變化啊？因為沒有那麼多聚會，不用和很多並不熟悉的親戚尷聊。大家紛紛表示肯定不會，還有人說可能會報復性地聚餐和逼婚，今年因為肺炎沒能安排上的相親，明年可能會加倍。

晚上，我夢到自己和幾個朋友外出旅遊，夢裡也還有肺炎。

我們打算出去吃飯，也確實有店還營業。我極力反對在店裡吃，建議我們打包外帶，因為在店裡吃要摘下口罩。結果，不知怎麼地，我們還是在店裡吃了飯。

昨晚聊天的時候，有個朋友說解除封鎖了之後要請我吃飯，我說要吃火鍋。

今天武漢天氣明朗了一些，儘管依然是陰天。出門沒走幾步，我看到廢墟上有2隻貓，我們互相對視。這個場景的末日感太強烈，和牠們對視的時候，這個世界彷彿只剩下我和這2隻貓了。

可惜我沒有帶任何吃的。要是我再出門，可以帶點吃的餵一些流浪貓和流浪狗。

腰花麵店還在做外賣。昨天放在花圈店門口的2個花圈今天不見了。前兩天在巷口的老人家今天也不在。超市的蔬菜、米架、麵架依舊處於缺貨狀態，賣鹽的架子也空了。今天排隊稱重的人更多了，可能有人要補充存貨，可能有人只是想出來逛逛就順便買點東西。今天

超市有賣84消毒液，我就買了2瓶。

　　這次出門我沒有再購買食物，讓我覺得自己一定程度上戰勝了匱乏感。

　　其實，我前兩天就在擔心自己也許存了太多東西，但又忍不住要買。這大概跟貧窮有關。我會在打折店和清倉拍賣店門口停下腳步，總是想在打折的時候買最划算，就會買一些可能最終不會用到的東西，原本是為了節約才這樣做，但最後反而造成了浪費。

　　藥局依舊沒有口罩和酒精。花店還是處於「外出送花」的狀態。菜市場沒有開，但有2、3個人在擺地攤賣蔬菜。

　　我今天走到了曇華林。巷子口也有人賣一些蔬菜。進入曇華林，一間看起來很不錯的小吃店飄來了香味，店門口站著1個人。我驚喜地以為這間店有開，就問了一句。店家卻說，現在這種情況怎麼可能開門。

　　曇華林是一條網紅文藝街，有很多咖啡店、飲品店、飾品店等。人們本可以在這裡度過閒暇時光，現在整條街反而處於閒暇。有個老人家打開窗戶，從樓上看

超市一角。

著外面的世界。曇華林歷史文化街區的院子裡傳來葫蘆絲的聲音，進入院子一看，只有那些新春裝飾品還在。一些店門口掛著玻璃風鈴，隨風吟出清脆的歌曲。風鈴上掛著人們對於工作、學業、愛情、身體的願望。平常我會覺得這些很矯情，但此刻腦海中卻浮現很多人認真寫下自己願望的畫面。

走出曇華林，我看到了一間「盒馬鮮生」超市，就走了進去。門口有人檢測體溫。這間超市更大一些，但蔬菜架還是空蕩蕩的。超市裡播著春節歌曲。沒有買東西的壓力，我只是隨便逛逛，走到自煮小火鍋的架子前，想著今晚可以改善一下生活，也可以偷個懶，就狠心花了65.7元買了1盒自煮火鍋和螺螄粉。等候結帳時，我還隨著音樂搖晃了起來。我喜歡廣場舞，廣場舞的節奏都很強，也比較歡快，跳廣場舞的人也都很有勁頭，讓人看著就很開心。

走出超市的時候，我的腳步輕快了起來，還哼起了歌。

走到武昌區人民政府的門口，我看到一個中年女人騎著小黃車（共享單車）在門口喊話，她喊的是武漢話，我大概只寥寥聽懂「請領導接待」、「20多年」這幾句。她一遍遍地重複喊著。陸續有幾輛車開進來，保安也在，沒有人理她。她就像是透明的一樣。

　　即便在這種時候，她都堅持在政府門口喊話，想來她這麼做應該不是第一天，可能也不是最後一天。

　　我的心情一下子又變得沉重起來。走離100多公尺，我身後依然傳來「請領導接待」的喊聲。

　　後來我又走到一個警務綜合服務站，門口掛著一個喇叭，一個播音員在激情昂揚地念著：「新型冠狀病毒感染的防控戰已經打響……我們守望相助、眾志成城，一定能打贏這場新型冠狀病毒感染的肺炎疫情防控戰！」口號在空蕩蕩的街道上重複播送，充滿了諷刺。

　　回到社區門口，有一個人在大聲喊：「出來聊天呀，要長毛（發霉）了！」幾個人在旁邊嬉笑。我也忍不住笑了起來。

我沒法用一種統一的心情來寫整篇日記。

世界如此荒誕，我只能一一記錄下這些荒誕。

網友留言：

世界如此荒誕，感謝妳的記錄。

1月28日

讓我們一起形成一個網路

封鎖帶來了恐慌，而恐慌在加深人們之間的隔離。

很多城市開始要求必須在公共場合戴口罩。這看上去是為了肺炎的防控，實際上帶來的是權力的濫用。昨天廣州有未帶口罩的市民被拖下地鐵、被噴辣椒水。我們不知道他們為什麼沒有戴口罩，也許是因為沒有買到，也許是他們並沒有看到必須戴口罩的通知。不管怎樣，他們出門的權利都不應該被剝奪。政府還有很多方式可以鼓勵市民少出門、在公共場合戴口罩，比如確保每個市民有口罩，給不出門的市民發放獎勵金。

網路上還有一段影片，是一群人封了在家自我隔離的人的家門。

湖北人在外地被驅趕，無處可去。這很可怕，應對肺炎的方式不應該是人防人。

於此同時，有人在努力打破隔閡，他們主動為在外地的湖北人提供住處。

在封鎖中建立信任和連結並非易事。昨天有個記者問我會不會考慮去跟別人交流，我回答說不知道。整個城市都被沉重的氛圍籠罩著，身處其中，我不自覺地小心翼翼起來，不敢隨意和人交流往來。封鎖讓人們的生活進入原子化的狀態，失去和他人的聯繫。然而人們並不甘於現狀。昨晚8點左右，窗外響起呼喊聲，大家一起開窗喊：「武漢加油！」這個集體的吶喊是一種自我賦權，人們從中尋找連結，從中獲取力量。

昨天的晚餐是小火鍋。

晚餐後，我照常和朋友們聊天。每天聊天是一件非常不容易的事情，很快會變得無話可說。於是，我們決定要輪流分享秘密。北京Bcome小組[1]創作的《陰道之道》[2]（中國版的《陰道獨白》〔*The Vagina*

---

1 成立於2012年，青年女權主義者的志願團體，成員多元，主要活動為創作和演出話劇《陰道之道》（2013）；2015年開始獨立營運。
2 《陰道之道》的故事來自參與創作者的日常生活經驗，以及對社會話題的看法、觀點，揭示女性被忽視的身體經驗，2013年起在多處公演，累計觀眾數達3,500人之多。

Monologues〕[3]），裡面有句臺詞是：「**我們不說的東西成為秘密，這些秘密產生羞恥、恐懼和神話。**」我們說到一些彼此獨特的生活習慣，比如有人說自己不喜歡洗澡，有人講到自己和家人的關係、家族的秘密等等。我們還聊到自己購物失心瘋買過些什麼，買過哪些神奇物品；有人買過辣椒膏，聲稱可以減肥，抹在身上會發熱。當然，我們也無可避免地聊到了肺炎。大家分享了自己看到的資訊，聊到一些在維持城市運轉卻被忽略的群體。於是，我決定去了解這些人的需要。

這幾天我的生存焦慮已經慢慢消除。儘管我在試圖每天走得更遠，可是如果我不和這裡的人發生聯繫，我能走得再遠又有什麼意義？社會參與是人的重要需求。人們需要在社會中有自己的社會角色，可以發揮自己的社會價值，為自己的生命賦予意義。我要在這座孤城中重新尋找自己的位置。儘管我在這座城市裡沒有很多資

---

3 《陰道獨白》是美國作家伊芙・恩斯勒（Eve Ensler）創作的劇本，1996年首演，1997年獲奧比獎最佳劇本獎，至今被翻譯超過50種語言，在140餘國上演過。

源和人脈，也沒有車，行動空間會受限。昨天我看到有人騎共享單車，便想到自己也可以騎單車出門。

今天，武漢的天氣終於放晴，有了陽光，猶如我的心情。

出社區後看到的人多了一些，有2、3個社區工作人員，他們似乎在做排查，說是要檢查外來人員。我問一個大姐他們是否有發口罩，她說沒有，另外一個男的趕快過來說有的。 接著，我訪問了8個清潔員，6個女性，2個男性。他們大概每天工作7、8個小時，工資約2,300到2,400，稅後不到2,000塊。

我問到肺炎期間他們的工資是否會有變化？有人說春節有3天是雙倍工資，有人根本不了解。他們現在每天能領到84消毒液、重複使用的勞保手套；沒有一次性手套，普遍缺口罩。情況好的可以一次發20個口罩，用完再領；最差的自封城以來只發了2個。

他們都很善良，有的人沒有一次性醫用口罩，就用圍巾把嘴包起來。我把出門備用的3個一次性醫用口罩送了出去。

他們中有人說話有口音，我聽起來比較費勁，有個大姐忍不住要摘下口罩，但又很快戴回去。

有人自己準備口罩，說是：「為了家人，為大家，為國家。」

我問到他們的家人是否會擔心？有個大姐說肯定擔心，她已經和兒子媳婦分開住，他們不出門，她會買東西送到門口，而她自己心裡也慌，心理壓力大。他們拿著微薄的工資，沒有基本的防護保障，卻還在堅持工作。

我們真的值得他們的堅持嗎？

我還和3個外送員聊了天，都是男性。

外送員的工作時間不定，都會有配備口罩，至少1天2個，還會每天消毒外賣箱。「美團外賣」還會發洗手液給外送員。我問到會不會增加工資？他們說外賣分類比較複雜，根據供應商、貨物重量等會有不同。「美團外賣」的專送一單會比平常多3.5元；一個「餓了麼」的外送員說他一單比平常多4元，另一個則說沒有

清潔員的背影。

清潔員的手套。

變化。我還去了一間便利商店，他們早上5點開門，晚上11點關門，店員一天領1個N95口罩，比較缺酒精，現在主要是接「餓了麼」的訂單。

我要讓自己成為一個聯結點。所以我在這篇日記裡把自己的微信QRcode貼出來，歡迎大家加我。

如果你在武漢，也想為打破封鎖出一份力，我們可以一起為那些被忽視的群體做一些力所能及的事；如果你在外地，想捐一些口罩等必需的物資，可以寄給我，我可以出去派發給需要的人。

讓我們一起形成一個網路。

網友留言：

- 我正好和那個送菜的阿姨相反……我和老公負責買菜，然後送到媽爸和公婆那裡……送到門口，不面對面……我們年輕，也許扛得住，但父母真的太脆弱了。

- 其實，外地人也買不到口罩，也在家窩著不出門不給社會添亂。我出門的次數遠遠沒妳多，蔬菜幾乎都是被秒殺的，我只搶到蘿蔔和油菜。我們這的病人沒武漢多。努力讓自己不得病，留下醫療物資人員給本市和湖北需要的人，這是我唯一能做的事了。

- 希望好人一生平安。

1月29日
妳不孤單

　　2017年底，我發起成立了「074職場女性法律熱線」，為在職場遭遇性別歧視的女性提供法律資源。昨天下午，我接到一通懷孕歧視的電話諮詢。打來電話的是一名男士，他的妻子潘女士是一個國營企業的行政職員。潘女士2019年7月分到職，現在懷孕3個月。潘女士的妊娠反應比較大，嘔吐得比較厲害，醫生建議休息。因為多次請假，公司開始說她不適合這個工作，暗示她離職。潘女士的心理壓力很大。因為公司還未直接說要讓潘女士離職，我只能建議她繼續工作，並搜集被區別對待的證據。特別巧的是，潘女士夫妻現在也在武漢，他們儲存了一些食物。希望解封後，我們有機會見面。

　　工作現在是很多人的擔憂。春節假期現在延長到了2月2日，可是如果疫情還在繼續發展，人們怎麼可能安心地返工。大公司可能有足夠的財力維持運營，然而延長假期給一些小企業和個體戶帶來的損失更嚴重，他

們的盈利可能並不多，會有房租的壓力，給員工發工資的壓力，就可能會裁員。在裁員中，女性員工經常是首先被裁掉的。至於個人，大家會考慮要不要冒著一定風險去上班，他們中可能有人面臨房貸的壓力，有人要照顧家庭。如何解決這些問題？最終國家要負擔起這些責任，為企業減稅，為個人發放基本的生活補貼。

昨天我收到一個多年沒聯繫的高中好友的資訊，她現在是護士。

她說：「妳的每一篇日記，我都在看，我想不到更多的詞彙去給妳慰藉，心裡滿是沉重，我只想跟妳說，我今天向單位提交了申請到一線的請戰書，如果有可能，我願意到那裡和妳並肩作戰，妳不孤單，國家文明的腳步愈來愈近，可能還有些地方未能完善，但是請妳不忘愛與希望。我腦子裡妳還是那個瘦弱中倔強的妳，相信妳一定能在這場疫情中平安歸來。」（PS：我現在不瘦啦）看完後，我留下了感動的淚水。

昨天的晚餐是粥和芹菜炒雞胸肉。

晚上，我繼續和朋友視訊聊天。那個不愛洗澡的朋

友已經有1週多沒洗澡了，她決定明天就洗。廣州的芹菜1斤要價10多塊；北京的朋友買了5個馬鈴薯，有大有小，花了10幾塊。有朋友開始聽偵探故事，讓自己和肺炎的資訊有個短暫的隔離，調整一下狀態。我們討論可以為清潔員做些什麼？有人提議發放如何戴口罩的指南，但考慮到清潔員的狀況，他們當中可能有人不識字。我有一臺印表機，卻偏偏這個時候壞了。有2個網友捐了錢給我，讓我轉給清潔員。我就跟大家討論要不要為他們募捐？我只是一個個人，很難保證透明化和公信力，不具備管理捐款的資格，因此我會把已經收的錢捐出去，不再接受給清潔員的捐款。而且，這未必是他們當下的需要。

對於我們來說，某種程度上捐款比較容易，而真正關心他們的生活則更難。

今天天氣依然晴朗。我早上7點多醒來一次，因為太睏就又睡了。結果昏昏沉沉地睡到快10點。起床後，我照舊先做了運動。

昨晚，有個朋友發了武漢物流協會志願團隊的聯繫

方式給我。吃完早飯，我聯繫了他們，看是否可以提供些幫助。

我想今天能跟清潔員多聊聊。出門碰到的第一個清潔員是昨天那個要給兒子和兒媳送東西的大姐。一開始，她有一些防備，她問我是做什麼的？有什麼目的？我說我只是志工，想要了解和記錄清潔員的生活。她還是不解，讓我不要拍照和錄音，也不願透露名字。她是老武漢人，說話有口音，有一些我沒有完全聽懂，能記錄下的也有限。

大姐很健談。她做清潔員只有1年多的時間，卻有很多東西可以講述。她以前在一個廠裡做核算員，45歲就退休了。現在的單位沒有幫她保社會保險（社保）。我說那生病了怎麼辦？她說她身體還好。她一週有一天的休息時間，工作以來她從未請過假，不管颱風下雨、酷暑嚴寒，她都在街上打掃衛生。一天99%的時間都要站著。一天站下來，晚上腿都是痠的。有時候回到家都不想洗衣做飯。她負責的區域是大概500公尺的街道。大姐說除了打掃的時間，清潔員會在一個隱蔽的角落裡觀察自己管轄的範圍，哪裡髒了就馬上過去清

掃，如果不是在打掃，人們一般不會看到他們。

她丈夫去世多年，她還有一個兒子。兒子得了心臟病，前年在廣州的醫院做了手術，現在還要吃藥，每個月上千來塊醫藥費。兒子身體狀態不好，能夠選擇的工作也受限，就開始租車開滴滴，[4] 有時候開幾天要休息幾天，收入也不穩定。大姐的工資除了保障自己的生活，有時候還要貼補兒子。

每個清潔員都有自己的管轄區域，休息的時候不能跟臨近區域的同事聊天。大姐經常一天都不說話。她經常會遇到問路的人，而且很多人並不客氣。有一些開車的人會遠遠的招手叫她過去。有一個問路的人在問完大姐後，又問了別人，大姐說自己明明指的路是對的，那個人卻又回來指責她，還說：「妳就只能做清潔員！」所以，她有時候會不想理問路的人。她說自己並沒有義務給別人指路，她只是好心，而那些路人把這些當作理所當然。她說孤獨和不被尊重很傷元氣。

武漢封城後，為了生存，她還是要繼續工作。她每

---

4 滴滴車：透過App平臺接單，司機可抽成的共享經濟計程車。

天11點上班，6點下班。家附近的超市10點才開門。她說她不能買了菜拿著菜上班，只能下班後買菜，而且有些菜漲價，能買到的菜就很少。幸好，附近有間酒店把一些菜便宜賣，她便買了一些馬鈴薯和花菜。她花198元買了100個口罩，卻在休息的時候被人偷了。

臨走的時候，我留了幾個口罩給大姐。她跟我說謝謝，我可以在那條路上找到她。可是，我覺得自己還配不上她的謝謝。在我看來，她的講述是一個控訴，控訴社會的不公，控訴人們的歧視和傲慢。

我昨天公開了微信QRcode，希望可以和更多的人建立連結，一起行動。有人回報說QRcode沒辦法掃。如果你也出現同樣的情況，可以通過微信號加我，我的微信號：1461177244。

網友留言：

- 北京也如此了，多保重。

- 難過，我們離這個大姐的處境不過一場大病的距離。

1月30日
找到和無力感相處的方式

小心翼翼地生活是反人類的。每天花很多時間做一些防護措施我有點厭煩。每天要保證通風，前幾天天氣陰冷又擔心感冒。

我是一個怕麻煩的人，日常生活並沒有那麼講究，而且小時候生活在農村，對食物的態度是「不乾不淨吃了沒病」。食物尚且如此，我對衣物就更不會在意。平常時，如果不出門，我會好幾天不洗頭。我開始覺得自己有點過度清潔，這兩天就沒有拖地。

昨天的晚餐是炒馬鈴薯茄子和稀飯。我覺得很疲憊，不太有胃口，做完晚飯半天都沒有動筷子。這種疲憊感更多是來自心底深處的無力。

晚上和朋友們聊天的時候，我們都覺得能每天這樣聊天是多麼奢侈。大家講自己每天的生活，有人昨天開始運動，有人開始學習。有人表示平常並不覺得想出

門，現在卻每天都想出門，因為它變得珍貴，害怕有一天會不再能出門。有個朋友擔心斷糧，於是每頓飯都努力吃飽。

我們聊到河南很多高中生都要重考，面臨極大的壓力。很多大學老師上課照著課本念，有的則閒聊。大家紛紛表示大學對我們人生觀、價值觀的形成沒有幫助，甚至還有很多人難以獲得友誼。我們談到理髮店、美容院對女性顧客的套路，他們通過貶低外貌讓女人產生危機感和焦慮，從而讓她們無法離開。我們聊到現在電視劇的演員的演技都很差。有人說《大明宮詞》很好看，演員的演技、臺詞都很好，劇中的武則天也很有智慧。大家都憂慮。這場疫情打亂了很多人的計畫。有人找工作的計畫被打斷，有人學車的計畫不得不擱置。每個人都還在適應這突如其來的變化。

消除無力感很難，或許我們要做的也不是消除它，而是找到和它相處的方式。儘管我在努力地讓自己行動起來。可是每天看著確診的數字不斷增加，還是無可避免地感到自己的渺小和微弱。可是我依然要盡力做自己能做的事。於是我還是要出門。

今天陽光明媚。我要認識更多的清潔員，傾聽他們的故事。碰到鐮大姐的時候，她正在去上班打卡的路上。我說想要了解一下清潔員的情況。她請我等她一下。她打完卡後去拿工具，我們就邊走邊聊。

鐮大姐今年65歲，做了8年清潔員，沒有社保。每天11點上班，她早上花半個小時走到打卡的地方。鐮大姐說她不敢在路上騎車，擔心撞到別人要付醫藥費，走路比較穩當。她是農村人，8年前因為幫兒子帶孩子來到武漢，就再也沒能回家過春節。

鐮大姐有2個兒子。長子是司機，給人送菜。她丈夫、次子和兒媳都是清潔員。她的次子和兒媳以前在酒店當過服務人員，沒有社保，後來因為清潔員有社保就做了清潔員。她丈夫是個殘障人士，駝背比較嚴重。次子的孩子8年前出生，她和丈夫就到武漢來幫忙了。她和兒媳錯開上班的時間，兒媳上早班，她上中班，以保證有人照顧孩子。

他們夫妻倆單獨住，說是為了不看別人眼色，減少日常生活的爭吵。一個月房租350元，房子裡有1張床

和1個櫃子，沒有更多的落腳地。他們和另外4戶人家共用1個灶臺和廁所。

封城以來，工作的單位發給鐮大姐5個口罩。封城後，鐮大姐買了蘿蔔、紅菜頭、高麗菜，說別的菜太貴了。她說她現在出門也是擔驚受怕，但只能聽天由命，因為如果不工作，一天要被扣150塊，而她一天的工資也不過70塊。鐮大姐的弟弟打電話問候她，說他們都不敢出門啦，鐮大姐回說上面沒有通知，我們就要工作。有個路人跟她說你們不怕死，她說怕死也沒辦法，誰叫他們不是正式工。她說現在在工作的清潔員大都是臨時工。鐮大姐平時就很少跟別人講話，現在就更少了，她說這樣對別人不好。

我和鐮大姐分別的時候，昨天的大姐也過來搭話。我認識她們，她們也認識我，感覺真好。

路過花圈店，發現它竟然開門啦，莫名地開心。腰花麵店也還在營業。腰花麵店的老闆是南昌人，也是被困在武漢。我問老闆有人點外賣嗎？他說很少。我說：「那你怎麼還開門？」他愁雲滿面地說：「在家要睡出

病啦！」

我去了超市一趟，蔬菜的菜架上還剩一些青椒、馬鈴薯、紅蘿蔔和菇類，米麵的架子滿當當的。奇怪的是，放鹽的那一層是空的。在超市遇到一個戴著口罩，頭上套著塑膠袋的男人。菜市場下面有一些人在擺攤賣菜，品項還算豐富，有活魚、新鮮的蓮藕等。我買了3枝玉米。菜場門口擺著「廢棄口罩，投放專用」的垃圾桶。

我去了藥局，藥局門口擺了桌子，不讓人進入，只能站在外面告訴店員需要買的東西。藥局裡有賣口罩，19.8元一包，1包10個，每人限購2包。有一對夫妻在門口問有沒有口罩？男人待在離門口比較遠的位置，女人說：「我發現你每次到人多的地方都躲到一邊。」

還看到一個媽媽帶著孩子在充滿陽光的院子裡玩耍。

有一瞬間，我感到一切如常，似乎忘記了封鎖。

網友留言：

- 我不在武漢，但是通過妳的記錄感覺像親身經歷一樣。妳確實成為了一個連結點。

- 我是馬來西亞人，有朋友在武漢，情況差不多，只是她和家人大多待家不出門。清潔員那段好有感，他們在城市有危機時照領著微薄工資，平時不被看見卻因制度和責任還默默工作，讓這城市保持整潔，可是危機解除後，他們的不被看見還是會繼續吧。祝願你們能盡早熬過這突來的非常時期。

- 我是河南人，已經是重考生了，都不知道該怎麼辦才好了。

第三章

人可以被困住，但不能因此停住

1月31日

幻夢般的日常生活

疫區的救助工作充滿挑戰。

有個網友在亞馬遜上買了2,000個一次性醫療口罩，想要寄給我。我想，大規模的物資應該優先給醫院。我無法接受大量的物資，我沒有車，能夠接觸到的一線工作者也有限。這幾天有些網友想要寄少量的物資給我，我也拒絕了，因為擔心小規模的郵寄也會耗費資源。我試圖和一些武漢的志願組織聯繫，希望可以盡快聯繫到和醫院合作的志願團體。

封城後，武漢的一些醫院公開向社會募捐，很多志願團體動員社會力量為醫院運輸物資。後來，政府開始接管募捐工作，聲稱是為了避免公眾被騙，指定了5個官方機構來協調募捐工作。可是湖北紅十字會加上分配的工作人員一共60多人，對的是整個湖北的醫院。武漢慈善總會收到400多萬人的5億多捐款，到昨天為止都還一分錢未花。從海外寄來的醫用物資，海關會要求

聯繫慈善總會或者紅十字會才能過關。

　　昨天寫完日記突然想要學習，也不知道是從哪裡來的能量。我最近在看司法考試的影片，但沒能集中注意力，只勉強學習了半個小時。

　　晚飯是蒜苔炒肉加稀飯。

　　晚飯後，我繼續和朋友們視訊。我們聊到最早的記憶，有人因為是女孩差點被換掉。有個朋友說她父母覺得她挑食，就帶她去看醫生，醫生卻說做她喜歡吃的就好了。大家好像小時候都有偷過東西。

　　其實，偷東西、挑食不是小朋友的問題，而是大人如何應對的問題。

　　我們也聊到各自的小名，我的是毛妞。

　　大家現在都有一種內疚感，覺得生活在安全的地方是一種特權，又很難對疫情有貢獻。我身在武漢，卻也依然覺得內疚。

　　有人說要做一些對世界有貢獻的事情，決定要在個人生活上更加環保。

今天認識的是吳大姐，她65歲，是武漢人，因為拆遷分到了房子。吳大姐42歲開始做清潔員，有社保。她現在是臨時工，一個月領1,500元的退休金和2,300元的工資。她老伴以前也是清潔員，2015年生病，先後住了3次院，就在家休息，閒著沒事就去打麻將。關於家務勞動，她老伴買菜做飯，她則負責洗衣服。

吳大姐有個女兒，女兒有個15歲的孩子。女兒在家全職照顧孩子。女兒的丈夫是保安，工資也不高。吳大姐每個月會幫女兒繳1,000多塊的社保錢。

封城後，吳大姐共拿到工作單位發的7個口罩。她平時也會帶口罩，說是為了防灰塵。現在，她的口罩外面又用白布裹了一層。沒有公共交通的現在，吳大姐不會騎車，每天9點40分出門，要走一個多小時去上班。她說現在也害怕，但不工作就沒有收入。她身體還好，只要別人能挺得過去，她也可以。

陽光依舊明媚，今天路上的人和車多了起來。腰花麵店門口有人在買麵。花圈店的門半掩著。有人把衣服和肉晾在外面。有間飯館開了門，我走進去看，見到有很多外賣訂單。超市裡蔬菜還是賣得最快，不過今天有

花菜、黃瓜、蓮藕。麵條的貨架前，售貨員在補貨。有人買的東西塞滿了後車廂，有人隨手提著2袋菜回家。

這一切對我來說像是幻象，人們的生活看起來正在恢復，我卻有種難以置信的感覺。

我騎車往臨江大道去，再騎不到2公里，就到了武漢長江大橋。

路上，有人戴著口罩跑步。馬路中間的防護欄上每隔500公尺就掛一個橫幅，寫著「科學防 不恐慌 莫讓謠言幫倒忙」諸如此類的標語。我略感震驚，沒想到封城後竟然還有印刷廠開門，還有人力在空蕩蕩的街道上掛這麼多宣傳口號。

江邊有人在曬太陽，有人在鍛煉身體，有人在唱〈映山紅〉。

冬日最幸福的事情之一就是悠閒地曬太陽。我走到江邊，陽光灑在身上，身體微微出汗，聽著江水拍打岸石的聲音，異常夢幻。

標語。

網友留言：

- 今天也是看了新聞，氣炸了……又無奈又恨！非常心疼湖北人！生命是平等的！

- 謝謝妳的文字，讓我們能夠感受到身處於其中的市民的真實感受。外出時請務必要小心，口罩手套眼鏡都帶著還是比較保險的。 願一切平安！

2月1日

生活在不確定之中

生活在不確定中是一個巨大的挑戰。

不確定會讓人不安，尤其是我們無法掌控這種不確定性的時候。

這場疫情爆發於2020年的春節。很多人本來滿懷希望地定下了新一年的工作目標、學習計畫。而這一切瞬間被打斷。很多人被困在家裡不知道何時才能上班。

今天早上突然發現，我桌子上的日曆停在1月22日。我現在無法有計畫，甚至不知道明天會怎樣，只能盡力去過好每一天。

昨天我寫了有網友想要捐贈2,000個一次性口罩。後來有醫生的家屬聯繫我，確認了醫院的需求。我們也跟順豐快遞確認，可以將物資直接寄給醫院。這讓我有了一些成就感和價值感。

昨晚吃了香菇炒肉配飯。照例和朋友們視訊聊天。

有人今天學彈烏克麗麗，有人出門跑步，有人趁天氣好出門看看外面的世界。我們一起看了一集動畫《瑞克和莫蒂》。此外還玩了故事接龍、聊了自己理想的葬禮；有人說要火化，擔心土葬的話會被配冥婚，有人說死了不要給別人添麻煩就好，有人想把骨灰撒在海裡。

我想要像電影《每分鐘120擊》（*BPM*）裡那樣，一個宣導愛滋病的行動者死後，他的同伴將他的部分骨灰灑在了一個保險公司的酒會上，因為保險公司歧視HIV帶原者。

今天的天氣陰晴不定。早上陽光明媚，11點多就陰天了。

出門碰到的清潔員是張大哥。他是鐮大姐的老伴（鐮大姐是1月30日的日記裡寫到的清潔員），今年60歲，也是做了8年的清潔員。1990年在老家蓋房子的時候出了意外，他被東西砸到，成了駝背，從此無法做重活，他說掃地這工作還堪負荷。他們老家還住著個88歲的婆婆，是鐮大姐的媽媽。婆婆身體也不錯，能夠自

己照顧自己，他們也因此能在外面工作。

張大哥上的是早班，早上4點上班，11點下班。鐮大姐是早上11點上班，下午6點下班。早上鐮大姐做飯，晚上張大哥做飯。他們上班會用保溫杯帶飯來吃。

封城以來，工作單位發給張大哥10個口罩。他問我有沒有手套，我說沒有。他戴的是自己買的皮手套，說要自己保護好自己。

他們沒討論過要不要上班的問題，只要工作單位沒說停止上班，他們就沒有選擇。

我跟張大哥聊著天的時候，鐮大姐走了過來。她說有人在傳有個掃地的死了，也不知真假，很害怕。但即便如此，他們還是照常出門上班。

騎車路過腰花麵店的時候，發現它竟然沒有營業了。

我不自覺地叫出了聲：「天哪！」下了車，我看到門口貼著一個告示，寫著「湖北省各類企業復工時間不早於2月13日24時」。我難以置信，在門口徘徊了一會。旁邊有的店門口貼著「春節期間，休息1個月」。我還看到一些店門口貼著「店面出租」。或許是我之前

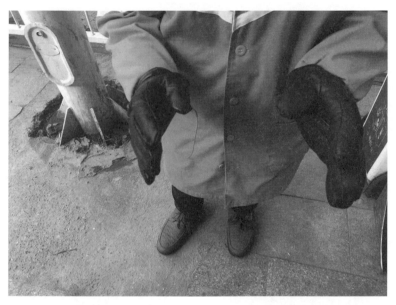

張大哥的皮手套。

沒有注意到那些要出租的店面吧。

一直開門的一家菸酒商店的門口寫著「外出送貨，有事打電話」，門口有3個男人，其中一個在打電話。

花圈店還是半掩著門。

超市門口今天開始有人幫來客量體溫了。蔬菜貨架上還有很多菜，比昨天多了番茄、蒜苔、紅菜苔。看到有番茄我就想買一些，因為我喜歡炒菜的時候放番茄，可是排隊稱重的人太多了，而且家裡還有菜，我便放棄不買了。

昨天開門做外賣的餐廳叫「食上添」，今天還在營業，門口還擺了一些菜在賣。鐮大姐說，這間餐廳會免費給他們一些蔬菜。

菜市場的大門關了，留了一個水果攤的小門可以進。有人賣水果，但沒有人在賣菜了。

我去了2間藥局，都沒有口罩和酒精。

藥局門口有人問有沒有雙黃連，[1] 收銀員說賣完了。很多人指責民眾沒有判斷力，就知道哄搶雙黃連。可是連《人民日報》都發了微博文說雙黃連可以抑制新型冠

狀病毒。大家看著每天不斷增長的確診病例，當然覺得有藥物能抑制病毒是好事。《人民日報》後來又解釋說抑制不等於預防和治療。武漢政府一開始在公布資訊時也稱有治癒的病例，但並沒有說清楚是如何治癒的，導致公眾以為有藥物可以治肺炎，後來發現這些所謂痊癒的病例更多是自癒的，可能是因為有的人免疫系統比較強一些。

　　我內心有點慌亂，就去了江邊。

　　去到江邊的時候已經陰天了。這裡的人比昨天少一些。有運動設施的地方只有2個人在運動。

　　有個人在江邊打太極。

　　我開始想念昨天的陽光。

1　編注：雙黃連口服液，是金銀花、連翹、黃芩製成的中藥成藥，主治感冒、解熱。1月31日，有媒體報導，中國科學院上海藥物與武漢病毒研究所的聯合研究結果顯示「初步發現雙黃連口服液對新型冠狀病毒有抑制作用」，消息在網路上瘋傳，引發搶購風潮，相關企業的股價因此上漲，甚至有新聞指出，就連「雙黃蓮蓉月餅」都被搶購一空。

江邊打太極的人。

網友留言：

- 我今天去上海的藥房買酒精，也沒貨。

- 這幾天是高發期，還是待在家裡吧，安全點。

2月2日
有人在司門口跳橋

　　很多朋友說最近看肺炎的消息氣得睡不著。確實，有太多讓人感到憤怒的事情了。

　　有腦癱兒童因為家人被隔離而社區疏於照顧餓死在家裡，有人被隔離而家裡的貓被社區工作人員活埋。

　　除了憤怒，我們還有震驚、傷心、無力等很多複雜的情緒。長期處於這樣的情緒中而沒有調節的管道會影響個體的身心健康。面對疫情的恐慌感、無力感都無法消失，但可以減弱。有些道理說起來容易，生活中的問題卻沒辦法在知道道理的瞬間消失。

　　有2天我覺得自己咳嗽得有點多，偶爾還頭疼，就有些擔心，但我認為這是緊張的緣故，就繼續自己的日常生活。

　　人可以被困住，但不能因此停住，我們需要找一些事情讓自己行動起來。

　　不管你在哪裡，如果你有能力，可以為抵抗疫情做

一些事，如果你還沒有找到自己的位置，也希望你過好
自己的生活。

昨天的晚餐是芹菜炒豆乾和稀飯。

晚上照舊和朋友聊天，談話主題是初中的生活。有
人讀青春小說，有人讀名著。大家的初中都有些許孤
獨、自卑、壓抑，又努力地探索和他人、和世界的關
係。有人很叛逆，喜歡挑戰權威，和老師作對。後來有
人提議聊未來，但大家都說現在太難聊未來了，可能5
分鐘就聊完了。然後，有人分享自己在家裡看到的不平
等，女性每天花很多時間做飯，想要阻止也很難。這是
因為她們缺乏公共參與的途徑和方式，諸如做飯這樣的
無償勞動，成為了她們獲取家庭地位的唯一方式。

因為擔心話題很快聊完，聊不夠一千零一夜，我們
試圖縮短聊天時間。同時，大家卻又十分不捨，有人想
先離開對話，又擔心錯過重要的分享。

早上看到有人在司門口跳橋的消息。[2]我就住在附
近，年前朋友還說要去呢。

我開始試圖獲取肺炎之外的資訊。剛好肖美麗前幾天更新了她和朋友在做的博客「有點田園」，早飯的時候我便聽了一下。

　　這期博客跟我現在的狀態恰好有點契合：有個女權主義者在豆瓣上開了一個貓頭鷹信箱，接受女性投稿，傾聽和回應一些女性的困惑。之所以會設立貓頭鷹信箱，也是由於發起人在尋找自己的位置，想要做有意義的事情。

　　今天天氣陰了起來，下樓時發現外頭下著小雨，懶得回去拿傘，還是出了門。

　　前幾天在外面待的時間並不長，而且在外面我都沒有脫下過口罩，哪怕是在江邊也一樣。今天我想要在外面待久一點，還帶了食物和水出門，但後來雨愈下愈大，差不多2個小時就打道回府了。

2　編注：司門口位於武漢最繁華的地區。1月31日晚上5點30分，一名肺炎病患在此跳橋自殺。根據目擊者在微信上的說法，這名病患感染了肺炎後不敢待在家裡，但醫院也不收他，走投無路之下站在橋上哭了許久。

我訪談了4個清潔員。

其中一個是58歲的潘大哥，武漢人。潘大哥做清潔員有4、5年了，現在是垃圾轉運站的司機，負責運送垃圾，一個月工資5,000塊。他是和積玉橋街道簽約的，司機才做了1年。他的工作時間不定，主要看垃圾的多少，一般是8個小時。他妻子是社區的工作人員，疫情時期負責做一些宣傳工作，幫社區的人買菜。

肺炎爆發後，他現在每天回家洗澡，衣服1、2天洗一次。他的妻子負責洗衣服做飯。

單位只發了一次性的醫用口罩，所以潘大哥戴的N95口罩是自己買的。他並不擔心疫情，說自己做好防護措施就好。大家現在出門都只是買菜，買了菜就回家，也不講話，不會傳染。

他說現在出門來還好一些，在家裡太悶了。

在路上看到一個大院門口在賣蔬菜。我買了一些番茄、香芹、玉米和生菜。番茄和香芹10塊錢一斤，生菜8塊錢一斤，玉米7塊錢一枝。後來我路過一個黨員群眾服務中心，裡面有幾個人穿著防護服，看起來像是

在分配菜。

有個人在公園裡的湖邊釣魚。

2個志工在一個大院門口坐著看手機，一邊的喇叭播送著一些宣傳語。

腰花麵店還是沒營業，老闆蹲在門口。他說政府發了通知不讓開門，也沒地方去，閒得慌。

下午，我接到一通求助電話，求助的人在武漢有80多歲的外公外婆，他們拍了肺部CT，正等待確診，需要做核酸檢測。求助者的小姨在照顧2個老人，需要一次性手套和消毒液。

我家裡還有一些，而他外公外婆住得離我家不算遠，我便想著可以騎車送過去，但他說千萬別送，特殊時期，讓我自己做好防護。我聯繫了順豐快遞，快遞員說武漢市內可以郵寄，但不能郵寄到外地，外地往武漢則只能寄醫用物資，因為現在只有空運，液體寄不了。後來，快遞員說今天寄不了，放快遞櫃也無法取件，必須要拿到快遞收發點寄才行。我本來打算明天去，不過後來求助者說他家人現在有物資啦。

網友留言：

- 這兩天的新聞真能把人氣死⋯⋯害得我蕁麻疹又犯了，一生氣就渾身癢！看到妳還是一如既往的更新，很開心，不過妳的帳號好像被限制流量了！每天都來看看妳，給妳加加油！

- 每天看妳的日記，有時候真覺得荒唐。妳在武漢天天都出門，我們在四川的小城市卻連走出社區都不敢⋯⋯

2月3日
在隔離中尋求和他人的聯繫

每天出門成為我的一個重要日常。

其實我已經覺得出門不是必要，可我還在偏執地堅持。

我在堅持什麼？這個城市不會在明天突然解除封鎖，外面不會在一日之內發生翻天覆地的改變。這其實是一個微小的反抗，在資訊的封鎖中尋找真實的資訊，在隔離中尋求和他人的聯繫，在不確定中尋找某種確定性。

昨天的晚餐是蒜苔炒肉和稀飯。

晚上和朋友們聊天。有人昨天和媽媽一起跳了舞；有人一邊拼樂高，一邊聽維吉妮亞‧吳爾芙（Virginia Woolf）的有聲書，她說到女人應該注重自己和現實的關係。

北京下雪了。

昨晚在聊天的時候，我時不時在做一些線上聯絡的志願工作，但又不想錯過大家的聊天，就開著視訊，聽著她們的聲音，很安心。

　　早上，我被外面嘰嘰喳喳的鳥叫聲喚醒，起床望向窗外卻是灰濛濛的，10點多開始放晴。做完運動，吃了早飯，我打開門要出去，發現自己沒有戴口罩。要放鬆警戒好難。

　　樓下有人在跳繩。

　　這兩天在路上看到的清潔員大都開始戴一次性口罩了。

　　今天訪談了2個清潔員和1個物業公司的保潔員。劉大姐今年50歲，老公是武漢人，她是結婚後搬來這裡的。

　　劉大姐在一個社區內工作，每天走路2、30分鐘上班。她穿著防護服，帶著3M口罩。防護服和口罩是物業公司發的，但數量不足，有才發，所以她的防護服是舊的。

　　業主現在都不出門了，把垃圾放在門口讓他們收。

劉大姐說，做保潔員的都是年紀大的人，很多人害怕傳染，就不再上班了。我問她為什麼還在做？她說總要有人做。

　　因為穿著防護服，她工作時免不了不停出汗，渾身都是濕的，每天回家都要洗澡。家裡也會做些消毒措施，比如說用84消毒液清潔，都是她做。

　　太陽出來了，我去江邊走了一下。

　　有人在小憩，有人在鍛煉。有個可以翻單槓的64歲「老人家」，很健壯。他40多歲的時候開始成為三高人士，還得了糖尿病。他沒有吃藥，從那個時候開始鍛煉身體。疫情期間他也每天出門鍛煉。家裡三代同堂，家人都在家不出門。他不害怕，身體比較好，就負責出門買菜。

　　下午和朋友錄了一期博客，分享了我在封鎖中的生活。

　　我很慶幸自己開始寫日記，因為它也成為了我的一部分日常。

第四章

活著只是一種偶然和僥倖

2月4日
狗也戴了口罩

前幾天看到一個人發在朋友圈裡的文，寫道：「封城封村的消息才幾天，有多少男的處在一個快被急瘋的狀態，試想一下，有多少女的一年四季都是這樣的日子。」

封鎖一定程度上讓男性體會了女性缺乏公共生活的感受。

很多已婚女性在結婚後開始不得不圍繞著家庭，即便她們有全職工作，下班後她們還是洗衣做飯、照顧孩子，做了很多不被重視的家務勞動。她們公共性的生活不斷縮減，跟同事、朋友談天的時間愈來愈少，她們對家庭的投入多於對自己的關注。

昨天的晚飯是芹菜炒雞胸肉和稀飯。

晚上和朋友們聊天。前一天成都發生了地震，我們就聊到了2008年的汶川地震。大家紛紛說了自己當時

的情況，很多人都還在上高中，有人離開教室的時候帶了歷史課本；有人在震感不強的城市，還在繼續上課；有人覺得自己要死了，而她幻想過自己死後會成為像龐貝古城一樣的文物被人研究。

　　大家記起當時的一些感人故事，比如被解救後要喝可樂的小朋友，也有人記得沒有疏散學生而先離開教室的范跑跑。[1] 當時，范跑跑幾乎是被集體唾罵的。但現在看起來，卻覺得范跑跑並沒有那麼可惡。

　　我們重新審視了集體主義和英雄主義。在災難面前，我們塑造一味奉獻的英雄，貶低所謂「自私」的行為，而事實上很多看似自私的行為只是人們的自保而已。

　　集體主義具有很強的情緒渲染力，會製造厭惡甚至仇恨，比如中國人討厭日本人。這種情緒會讓我們忽略人本身。很慶幸今天的我們除了讚美醫護人員的付出，

1　編注：范美忠，時任四川光亞學校教師，地震發生時顧著自己逃生，把學生留在教室裡，並在網路上寫下一篇文章〈那一刻地動山搖〉，講述自己在危急存亡之際本能的只能顧及自己，即便今天在教室裡的是親人也會拋棄，不覺得老師有義務要犧牲自己的生命救學生，受到媒體報導，後來被網友戲稱為「范跑跑」。

也看到了他們的脆弱。

今天訪談了3個清潔員。

陳大姐今年45歲，這工作已經做了1年了。她是孝感人，老公也是清潔員，一家三口在武漢租房。她和環衛所簽的合約有社保。封城以來，單位一共發給她16個口罩，她說不夠用；此外還發了工作手套，她用得不習慣，還是用自己的毛線手套。

陳大姐現在每天洗澡、換衣服，家裡也天天消毒。這些事主要都是她在做。

我問她有什麼需要嗎？她回說沒什麼需要。

現在街上有專門放口罩的垃圾桶，陳大姐說會有專門的人穿防護服負責清理。我在和她聊天的時候，有幾個穿制服的人走過來。我趕快給了陳大姐一包口罩，騎著車走了。騎了大概100多公尺，看到一間武警醫院，從外面看不出任何異樣。

今天路過一個社區，門口放了很多包菜，保安在出入口負責量體溫，有住戶出來取菜，量了體溫後才進社區。

我還路過了被圍起來的畫室和酒店，外面都有好幾個穿防護服的人站著。

路邊有的車上貼著「控制疫情，方便群眾，服務社區」的標語，司機在車裡休息。

我看到關著門的武漢市紅十字會培訓中心和還在營業中的順豐快遞。

有間叫「五臺山好兆頭起名館」的店開著門。

我還路過了戶部巷，[2] 上次來這裡大概是2012年吧，這裡人擠人，現在只有零星的人。

有間鄉菜館開著門，有穿制服的人來取外賣。

我從江邊走回家，有人帶著狗跑步，狗也戴了口罩。

有人疑似在江邊做愛，女的坐在江邊的石凳上，男的躺在她身上，男的褲子解開脫了一半。

有2個老人搬了凳子在江邊曬太陽。

我在一個四下無人的地方，摘下口罩順暢地呼吸了會，戴上口罩的那一刻，就重新感到了束縛。

---

2 武漢著名美食街，有「漢味早點第一巷」之稱。

江邊曬太陽的老人。

網友留言：

- 妳住在戶部巷附近啊？那離我小時候住的地方滿近的。

- 社區要封了，妳之後大概出不去了。

2月5日
別輕易講「會過去的」

堅持寫日記好難。

我沒有寫日記的習慣，長這麼大都沒有寫完過一整本日記。而且我已經很多年沒寫日記了，寫的時候也只會記錄一些特殊的事情、情緒的波動，很多都沒頭沒尾的，再回頭看就連自己都不記得當時發生了什麼。

日常生活有很多瑣碎的重複，這些重複會讓人覺得無聊，而我們記錄下來的東西在某個時期對我們有特殊的意義。

昨天的晚餐是螺螄粉。晚上又和朋友們聊天。

有人想了解大家每天的生活，我覺得這特別不可思議。有人失眠會起床工作，有人失眠會刷知乎。有人和家人長達10幾天的蜜月期就要結束。有人看了一本書，其中一部分是講女權主義和情感，寫到很多人以為希望是結束痛苦，但作者指出希望不是否認當下和過

去，而是從現在開始往前走。

面對肺炎，我們不要輕易對別人講「會過去的」，因為沒有那麼輕易過去。

有人想到一個自製口罩的方法，是把護墊貼在口罩內側。然後，我們聊了「關係」，說到社會鼓勵女性要更重視關係，而不是獨立；高中女生會一起上廁所，有人說她高中時即便沒有入廁需要也曾陪別人上廁所，只是希望通過付出得到對方的認可，以維持彼此的關係。很多人都不滿和父母的關係，但也充滿無奈。和父母的關係更加特殊，因為這個關係的潛在規範是父母永遠不會離開子女，而這對缺乏安全感的人來說至關重要。因為我們尚缺乏老年人福利制度，老人往往只能依靠家庭照顧，照顧者通常是子女。這些關係有一定的捆綁性，而我們很難選擇自己的父母和同學，如果和他們的關係出現問題，也很難離開。當我們開始經濟獨立，開始自己結交志同道合的朋友，從相對平等的關係中尋找情感寄託和接納時，才會逐漸擺脫那些捆綁式的關係。

昨晚發生了一個意外。

我去年檢查眼睛的時候確診為圓錐角膜。這是一種不可逆也不能治癒的眼疾，要戴一種硬式隱形眼鏡（RGP）來控制。於是，我花3,800元買了昂貴的RGP，現在天天戴。

拿下隱形眼鏡時要用到一種吸棒，昨晚我在取左眼的隱形眼鏡的時候，吸了半天沒吸出來。我不停地用吸棒吸自己的左眼，吸力很大，但吸棒上卻一直沒有隱形眼鏡的蹤影。之前也發生過類似的情況，最後有順利取出來。

現在沒辦法去醫院，我只能自己耐心地用吸棒取隱形眼鏡。可是慢慢地，我開始不確定隱形眼鏡是否還在我的眼睛裡，因為眼裡充滿了淚水，很難判斷自己為什麼看不清東西。

以往我不小心把隱形眼鏡掉在地上的時候都有別人在，有人可以幫我找鏡片。但現在我必須自己走到放眼鏡的另一張桌子那裡，如果隱形眼鏡是掉在地上，我移動就有可能踩到它。我別無他法，只能賭一把，拿了眼

鏡戴上後，在取隱形眼鏡的櫃子上和旁邊找了幾遍都沒找到，後來我又擴大範圍，最後在大概1公尺外的地上找到了鏡片。這簡直是一個奇蹟。

昨天，曾舉辦「萬家宴」的百步亭社區，[3] 有多棟樓出現疑似和確診病例，有朋友特別發訊息提醒我。

今天陽光很好，不出門覺得好浪費。

早上出門，看到社區的警衛室貼了體溫測量點的資訊。小區外面有張凳子，拴了一隻在曬太陽的貓。

我騎車路過一間被隔離觀察的海鮮酒樓。在路邊停車的我騎了1、2公里，都沒有遇到清潔員。後來路過一個湖，我就下車繞著湖走了一會。這裡是一個公園，還有地方貼著「入園請配戴口罩」。

我只遇到了4個人，其中有2個人在湖邊認真地討

3　編注：百步亭社區的「萬家宴」於1月19日舉行，共計有4萬多個家庭參加。因為在肺炎爆發後仍照常舉辦，當時引起不小的爭議。後來在2月4日開始，該社區傳出出現多起疑似病例，被懷疑出現社區感染。

論著什麼，看著他們，悲傷不由得浮上我心頭。

以前我特別不喜歡人多的地方，節日假日的時候，都盡量逃到無人的地方去，從未想過會有因為公園人少而感到悲傷的今天。

繞到湖的另一邊，我這才發現，這裡是我前幾天路過的內沙湖公園。

騎車回家的路上，路過了一個順豐快遞收發點，有人在吃泡麵，有人在趴著休息。

看到一間四美包子店開著門，我便趕快停下來過去看了看，但並沒有在營業。

接著，我遇到了在工作的清潔員秋大姐，跟她聊了一會。她平常每天6點起床，出門買菜回家，在家裡做一些瑣碎的家務，然後做飯，吃完飯10點多出門上班，現在早上反而可以睡得久一點。她每天晚上回家會用84消毒液打掃一遍家裡，碗筷全用洗潔精洗一遍。

走的時候我給了她一些口罩，她問我：「那妳的夠嗎？」

網友留言：

- 曬太陽的貓有點像我家的貓哈哈哈哈——

- 出門時也要做好安全防護啊！

- 解封後，我想去店裡吃一碗螺螄粉。

- 這段時間流浪貓狗很可憐，街上人跡罕見，連吃的東西都找不到。

體溫測量點。（＊本圖經後製處理，隱去人名）

湖邊認真討論事情的人。

2月6日
曾經的生活和又一通求助電話

昨天和「有點田園」一起錄的博客發布後，收到了一些微博評論，裡面充滿各種擔憂。

有人說：擔心公司撐不下去倒閉，擔心自己因此失業，還要繳每個月8,000元的房貸和2,000元的房租，生活真的好難！有人說：已經瘦了3公斤多，每天看到疫情資料就渾身打冷顫，不管看到的是全國的，還是本省的，或是本市的。

很多工薪階層本來的生活已經十分不易，他們為了生活努力地奮鬥，禁不起太多的波折。他們本來就沒有太多對生活的掌控感，疫情下很多潛在的問題沒有公共的解決方案和措施，使得個體更是無力。

有人說：政府能肩負起責任，做一個可靠的，關心百姓的政府，才是老百姓最大的掌控感。

昨天的晚餐是清炒藕片和稀飯。

晚上照舊和朋友聊天。有人開始看司法考試的影片，有人和朋友吃了火鍋。

我們繼續討論「關係」，聊到自我如何在關係中確立。有的父母用貶低的方式對待小孩，總是否定小孩，這容易讓孩子自卑，總是懷疑自己好不好？做的事情對不對？有的父母是用鼓勵的方式對待小孩，小孩就會比較自信。

有人說，自信像是不會枯竭的井，即便別人舀走一些水，它還是會有。

我們曾經的生活很窄、關係有限，以為那些關係就是全世界，所以患得患失，只能努力地投入，現在發現建立關係的基礎不是投入，更重要的是共通的認同。

武漢今天下雨，我終於決定不出門了。

早上接到一個網友的求助訊息。求助者的老公和她的公婆都被確診為新型冠狀病毒肺炎，兩個老人已經去世，家裡還有兩個孩子，一個4歲，一個才1個月大。她有疑似症狀，現在也在隔離，擔心孩子的照顧問題。

我打電話過去了解情況，她說孩子暫時有人照顧，可是她的語氣充滿了憂慮，不確定隔離後的情況，不確定孩子是否能得到持續的照顧。

本想靜下來整理前幾天對清潔員的訪談，可是有點難集中注意力。

外頭依然一片寂寥，我卻還是時不時地望向窗外，似乎心有不甘，在確認某種東西。

我盡力打起精神，哪怕是短暫地工作和學習也好，我必須要開始。走神的時間就想怎麼讓自己好一些。

我存的「奢侈品」裡有糖，是那種水果硬糖，可以含在嘴裡很久。

我拿出一顆含在嘴裡，增加些許幸福感。

2月7日
死亡太沉重了

謠言是什麼？這取決於誰來定義謠言，誰有權力裁決，以及如何裁決。

所謂的謠言都需要一個被證實或證偽的過程，不能簡單地通過我不認同你說的話來判斷。

昨天的晚餐是香菇炒肉和稀飯。

晚上繼續和朋友聊天，主題是死亡。

我外公外婆前幾年先後去世，我現在還時常會夢到他們。因為計畫生育，我媽懷了我弟之後，就把我送到了外公外婆家，直到7歲我才回父母家住。一直到10幾歲為止，我每年春節都在外公外婆家過年。

我外公外婆很少強迫我做什麼事，儘管我在他們的村子並沒有同齡的朋友，很多時候都一個人看書或是看電視，但我覺得很自在。他們的去世一度是我難以面對的事情，不知道向誰講述、如何講述，因為我們沒有講

死亡的習慣。

　　我們向即將死亡的人隱瞞他們快要死去的資訊；死亡太沉重了，我也不想給別人增加負擔。

　　有個朋友的媽媽已經去世，她說：「我會和家人講起我媽，因為她對我而言很重要，她是持續和我們生活在一起的。」大家紛紛講了自己的死亡焦慮，有人害怕死亡之前的痛苦，有人害怕「我」的消失和自我意識的消亡；有人一度覺得睡著的時候很像死亡而不敢睡著，還有人擔心死了之後自己的財產怎麼處理。

　　我們聊到很多得了癌症的人依然在為了活著而抗爭，有的人戰勝了癌症後活了很多年。我們也講到疫情中充滿了突然而集中的死亡，他們沒有葬禮，無法和所愛的人告別，更別說臨終關懷。

　　突然，有人說：「**李文亮死了！**」

　　有人驚叫：「什麼？！」

　　有人說：「這是不公正的死亡，我們現在活著只是一種偶然和僥倖。」

結束了視訊，我翻了朋友圈，大家都在說希望李文亮死亡的消息是謠言。可是我們沒法隨意定義謠言，我們沒法讓我們不願意相信的事情變成謠言。

　　我躺在床上，眼淚忍不住地流，一會就哭出了聲。

　　腦子裡充滿了「為什麼」，不知道後來是怎麼睡去的。

　　早上，我幾次醒來翻個身又睡去，並沒有睡著，只是不想起來面對。最後我還是起了床，打開手機，滿屏都是關於李文亮的消息。

　　有人戴著口罩拍照，口罩上寫著「**不明白**」，因為李文亮曾因散布謠言被訓誡，他的告誡書上面寫著：

　　我們希望你冷靜下來好好反思，並鄭重告誡你：如果你固執己見，不思悔改，繼續進行違法活動，你將會受到法律的制裁！你聽明白了嗎？

　　答：明白。

我又開始流淚。我要怎麼在如此荒誕的社會中生存呢？

我還是得努力地活著，這也成為了一種抗爭。於是，我照常做了運動。後來在家裡待不住，我就出了門。

電梯裡貼了盒面紙，供人們按電梯按鈕用。

我要跟別人說起李文亮，我們應該記得他。

最近去江邊的人很少，我因為常去，認識了江灘的管理員。

我走到江邊，問他：「你知道李文亮昨天死了嗎？」說完，就想到我哪裡知道李文亮到底是什麼時間死的呢？有人說他是昨晚9點半左右心跳停止的，可是後來又被裝上葉克膜（ECMO）搶救。今天凌晨3點48分，武漢中心醫院發的微博顯示，李文亮是在2點58分去世的。

管理員回說：「知道，在手機上看到資訊了。這個

沒法討論。」

　　我不甘心，說：「李文亮是最早發出肺炎消息的人，他還被認為是造謠，現在他死了，這太令人傷心了。」

　　管理員說：「這樣的事太多了，如果不是工作，我也會待在家裡不出來。」

　　我說：「家裡太悶了，我出來走走。」

　　他說：「注意安全。」

　　我說：「你也是。」

　　今天江邊的人格外少，我只看到了2個人，那個可以空手翻單槓的「老人家」也不在。

　　回家後，我點了一根蠟燭悼念李文亮。

　　洗澡時，我打開手機，放了〈國際歌〉單曲迴圈，然後放聲大哭，這是一種從未有過的悲憤。

網友留言：

- 整個湖北省進入封閉管理了……緬懷李醫師。

- 公義在哪裡？李醫生一路走好。

- 從昨晚看到新聞開始就一直在抹眼淚，這個消息太刺痛人心了。

- 有時候，活著真的很無奈。

第五章

這可能是我最後一天出門

2月8日

我們是彼此在黑暗中的光

有人說疫情過去，人們就很快會忘記。

遺忘沒有那麼容易。我們可能無法記得所有人，但我們大部分人都無法忘記這段時間。我們還會跟別人講起這段時間發生的事情、遇到的人，就像我們講起SARS、講起汶川地震。

我們還會帶著這段日子的記憶生活下去。

大家擔心的遺忘究竟是什麼？

是我們的社會不能因為這場疫情而有所改善，是下次發生類似災難的時候依然沒有完備的防控體系，擔心依舊會有人要做無謂的犧牲。

昨天的晚餐是萵筍炒香腸和稀飯。

晚上和朋友聊天。我們都看到了網路上有人發起的祭奠李文亮活動，晚上8點55分到9點關燈默哀，9

點到9點05分用手中能發出光的所有物品照著窗外，並集體吹響口哨（或用其他能夠發出聲音的器具或設備）。

大家紛紛下載了whistle的軟體，試了之後覺得發出的聲音略小；有人找了自製哨子的影片，嘗試自己做，但沒有成功。

我住處外面的大樓本來只有零星的燈光。9點鐘，我看到大樓一些角落裡亮起了微弱的光。

那一刻，我們是彼此在黑暗中的光，這是穿破封鎖的光。

我們都希望自己能夠做更多，可以減少一些悲劇性的犧牲，可是很難。

有人提議：「不如我們來開個腦洞，想像一下，如果可以擁有一種超能力，大家會想要什麼樣的呢？」有人說想要「不吃飯不會餓，不洗澡也不會髒」的超能力；有人想要「讓人變善良」的超能力；有人想要「作惡會反彈」的超能力，就是如果壞人作惡，他對別人做的傷害行為也會發生在他自己身上；有人想要《銀河便

車指南》裡的「感同身受槍」，能讓缺乏同情心的人感受到他人的痛苦而減少傷害。

有人指出，超能力可能存在很多使用不當的狀況。「超能力」是一種權力，權力不被限制會導致濫用。

我們知道這世界上沒有超能力，而我們之所以想要超能力，是因為感到無力。

憤怒可以給人力量，而會憤怒往往是因為我們看到了不公。

我們談到讓我們感到憤怒的人和行為。有人說到高中老師曾因為不喜歡某個成績不好的學生，就讓全班同學都寫他的壞話，通過各種方法趕走那個學生。她寫了那個學生的優點，結果家長卻被叫到學校去了。大家紛紛表示自己曾遇過類似的老師，他們用自己的權力羞辱學生。

我們從小就被劃分為好學生和壞學生，後來發現這種分化、貶低愈來愈多，人們之間形成等級，似乎那些

被劃為低等的、沒有權力的人就不配得到尊重。

影集《黑鏡》有一集是關於一群追殺「蟑螂」的士兵發現他們真正追殺的是人，只是他們被植入一種 mass 系統，會把那些所謂有缺陷基因的人看成蟑螂，從而展開獵殺行為。軍方將一些人異化，用看起來更高的價值正當化自己的殺害行為。

我們都討厭恃強凌弱的人，喜歡待人真誠，敢講真話的人。而在大家都不敢講真話，甚至講真話要付出代價的社會，講真話更加珍貴。

李文亮是一個講了真話的人。

我的菜所剩不多了，今天要去超市補充一些食材。

出門時遇到一個建築工，我跟他搭了話，他是山東人，是修地鐵的工人，住在地鐵站旁搭建的組合屋。

進超市檢查體溫的時候，一絲擔憂掠過我的腦海：萬一我發燒了怎麼辦？我會被強制送到方艙醫院嗎？據說那裡醫護人員、基本的物資和食物都不足，反而更容易交叉感染。

超市的人不多，蔬菜還算充足，米麵也都還有。肉就所剩無幾了，我買了2支雞腿。

　　工作人員說肉一早開門就被搶光了。優酪乳的架子上有點空，洗手乳賣光了。今天是元宵節，湯圓倒是很充足。我沒有過節的心情，也沒有特別喜歡吃湯圓，就沒買了。

　　食上添餐廳應該是在供給醫院食物，有2、3個穿防護服的人來取食物，進店之前還用酒精消了毒。一張便利店貼著告示，顯示昨天下午5點後暫停營業。

　　今天天氣依然陰冷，12點多要回家的時候，我通過地上的影子發現有陽光，陽光並不強烈，但也很珍貴。

　　路上，之前不願意透露名字的大姐在清理著路面的積水，她戴著2個口罩，我跟她說不用戴2個口罩的。她緊張地說：「廣播裡說這個病傳染很嚴重的，戴口罩都不一定有用。我現在不能出事，不然我兒子怎麼辦。」

　　我很難消除她的恐懼，就問：「公司有給你們做一些基本的防護培訓嗎？」

　　她說：「沒有。」

我給了她一些口罩，她說：「謝謝！」

我問她貴姓，這次她告訴了我她的名字，她姓胡。

網友留言：

- 我覺得自己曾經相信的崩塌了，而且可能不管過去多久都無法輕易修復。元宵節快樂，保重。

- 緊張的氣氛漸漸擴散到我們這裡了，東三省也逐漸開始封閉社區、限制外出。希望疫情趕快結束，減少無辜人員的傷亡，讓大家恢復到應該擁有的生活中去──然後再來算算這筆帳。

2月9日
「春節快樂，武漢加油」

什麼人不道歉？

父母很少道歉，即便道歉的時候也總是說「為你好」，暗含著一種指責，似乎是子女不領情。

有一年春節，我爸媽在我明確拒絕相親的情況下還是給我安排了相親，我十分生氣，說他們不尊重我，不想去見他們安排的人，他們還反過來指責我不禮貌。

我曾在朋友圈裡發文講過這件事，有人留言說我應該理解父母、跟父母溝通，但其實問題不在我，我無法單方面開啟一個平等的對話。

即便子女已經成年，很多父母依然保持一種家長式的話術來教育子女，他們說：「你不懂」、「我吃過的鹽比你走過的路都多」。父母總以為自己的格局更高、自己是對的，無法平等地看待和尊重子女。

性騷擾的加害者也很少道歉。他們甚至用指責受害者的話語來為自己辯解，企圖說那不是自己的錯，他們

說：「妳穿太少了」、「妳不應該晚上出門」、「妳勾引我」。

很遺憾，不被尊重的人、權利被侵害的人很難獲得道歉。

李文亮是否能獲得道歉呢？

昨天的晚餐是芹菜炒豆乾和稀飯。晚上參與了李文亮的祭奠活動。

昨晚聊天的主題是世界末日，有人提了一個問題：「假如人類在一天後就會滅亡，那你會做什麼？」

討論這個問題的時候，我們發現如果只有一天可以活，世界會比現在封城的狀態更糟，因為很少人會繼續服務他人，所以人們很多浪漫的想像很難實施。

世界末日的時候，人們會想做沒有做過的事情，因為沒有未來，倫理也將不復存在。人們遵守既有的規則是為了一種社會秩序，社會獎勵遵循規則的人，懲罰破壞規則的人。

世界末日時，人們會有欲望，也會有恐懼，人們會

想要找到那個互相依戀的人。

　　互相依戀是一種淒涼而安全的關係，在這段關係裡的人都只有彼此。可是找到這樣的關係異常困難，我們依戀的那個人未必會對我們有同樣的依戀。況且交通癱瘓後，我們也未必能夠跟自己依戀的人在一起。

　　人們該怎麼應對世界末日的恐懼呢？

　　有人說：「宗教團體應該會有集體的儀式可以尋求慰藉。」那我們這些無神論者怎麼辦？於是，為了滿足大家的欲望，有人提出應該辦一個性愛趴，歡迎任何人加入。

　　在這情況中很難解決的問題是食物？有人就提說可以吃火鍋。可是，世界末日的時候，誰會看著別人在狂歡而自己默默地挑菜、洗菜呢？可見，人類最基本的需求都無法離開社會。在世界末日，很少人可以吃到大餐，大部分人只能去超市拿一些自己喜歡吃的速食。對此，有人驚嘆道：「我們發現了一個人類的秘密。」

睡覺前，我滑手機的時候滑到2月4日一個微信公眾號發了一段錄音，是一通山東姑娘打給武漢市長熱線的電話錄音。電話中，她表達了對武漢政府處理山東捐贈的350噸蔬菜的不滿，認為政府不應該拿去賣，對政府分配物資的流程提出了建議，希望物資以最快的方式到達一線工作人員那裡。

那段錄音十分令人感動，她在電話結束的時候說，希望市長可以回覆她。

在很多人都充滿無力感的時候，她依然堅持問責，這是一個明知不可為而為之的行為。

社會改變，是由無數這樣的人一起推動的。

今天陽光明媚，我忍不住還是出了門。我並沒有目的地，就是嚮往陽光。

出了社區，我想起我喜歡的那段江灘，決定去走一走。那片江灘是一次跑步的時候偶然跑到的，幾公里的路程竟然讓人有經過四季的感覺，有春天的翠綠，夏天的墨綠，秋天的亮黃和冬天的枯黃。我很喜歡。

騎車去江灘時路過一個社區，樓下有幾個穿著防護服的人，其中一個拿著喇叭喊人下樓取菜。兩個老人領了菜後就上了樓。

　　到了一個江灘的入口，我見到管理員坐在一張小凳子上，面前放著一袋瓜子，在悠閒地嗑著。我問：「現在工作時還會怕嗎？」他皺著眉頭說：「有啥害怕的，這個主要看免疫力強不強。」

　　我看不出他是否真的不擔心，只能請他保重。

　　江灘的道路兩旁每隔幾米都豎著黑桿子的路燈，黑色的音箱每隔一個燈桿裝設，這些音箱每隔一分鐘就放著：「為切實落實市肺炎指揮部通告要求，全力做好衛生防疫工作，請市民、遊客朋友們在公共場所必須配戴口罩，不在園區遛寵物，不隨地吐痰，不聚集活動。」特別煞風景。

　　上次來這裡，是封城前幾天和朋友一起同行，我們還用識別植物的軟體查了一些植物，認識了鼠尾草和荻。我對日常見到的植物認識甚少。

　　江灘的人很少，我時不時地把口罩下拉到嘴巴以

下，暫時感受一下自由的呼吸。

這段江灘有步道，偶爾會遇到跑步的人。有個男人隨身帶著音箱，放著節奏輕快的〈男人不壞，女人不愛〉。平時，我會覺得這樣的歌很惡俗，現在竟然覺得熱鬧和有喜感。

我路過了枯黃的水杉、黃燦燦的黃金菊。

路上有一對情侶，女生在口罩之外還戴了一頂頭盔。

我走到月亮灣碼頭，旁邊的金牛游泳俱樂部門口有塊小黑板，上面寫著：

水溫：7.4℃
2 月 7 號
祝：春節快樂，武漢加油

路過了一片枯萎的向日葵，其中有一棵還在頑強地保持著一種生命力。

回家的時候，我路過一間餐廳，門口掛著10幾條魚在曬，牆上貼著的海報上寫著：「武漢，每天不一樣！」然而現在武漢每天都一樣，路上空蕩蕩的。

頑強的向日葵。

後來我遇到一輛停在路邊的計程車，司機在玩手機，我便停下自行車問他：「你現在接送病人嗎？」他緊張地說：「我們不載發熱的人，主要是接送老弱病殘的人去買菜、買藥。」

　　「社區安排的嗎？」
　　「對。」
　　「那發熱的人怎麼辦？」
　　「社區也會安排。」
　　「那社區會發口罩嗎？」
　　「公司發的。」
　　「那消毒的東西呢？」
　　「我們每接送一趟人就會消毒。」

　　我說「辛苦啦，保重」，然後騎車回家。

網友留言：

- 一些細微的東西突然之間令人感動，讓人覺得必須繼續堅持。謝謝！

- 感謝妳的文字，是穿透我如黑暗般恐懼的一道光。它真實、痛苦，卻富有力量！

- 看著這些生機勃勃的花草，就像病毒從來沒來過一樣，一切那麼美好……如果真沒有該多好……

2月10日
難得的相聚

這些天很多人問我武漢現在怎麼樣。

這當然是出於關心，但抱歉的是我無法回答這個問題。

誰能代表武漢？武漢都有哪些人？新型冠狀病毒肺炎的感染者、醫護人員、各種慢性病患者（HIV感染者、糖尿病患者等）、殘障人士、孤寡老人、清潔員、超市收銀員、外送員……

你想問的是誰呢？

武漢現在是一片亂象。沒有人有一個清楚而完整的答案。除了對自己周邊環境和一些人的一點了解，我獲取資訊的方式和大家是一樣的。

昨天的晚餐是香菇炒香腸和稀飯。

香菇是在封城的第一天買的，在冰箱裡放了十幾天，有一朵香菇變成了黑紅色，我還是把它切了，又有些擔心，就上網查了一下，看到有人說香菇變黑代表發霉，最好不要吃。謹慎起見，我還是扔了那朵已經切好的香菇。

蔬菜囤太多容易變質，就會導致浪費。然而，為了生存我們又不得不囤。

晚上和朋友聊天。有個廣東的朋友點了外送，發現外送單上多了一張「外賣安心卡」，上面記有製作人員、裝餐人員、騎手的姓名、體溫和雙手消毒情況。幾個朋友在家裡幫忙輔導親戚家的小孩寫作業，感到耐心受到極大的挑戰，有時候會忍不住向孩子發脾氣。有人說：「小孩太善良了，第二天就會原諒我們。」當然，這也是因為小孩的生活必須依賴大人。

我們講到強迫症。有人會強迫性地摳痘痘；有人每次洗澡前會先把浴室刷乾淨；有人不能接受沒有洗澡換衣服就坐自己的床；有人碰了現金就會洗手。有人說：「只講強迫行為會使強迫行為進一步強化。」我們會需

要一些名詞來解釋自己的行為，但不能讓這些名詞定義自己。我們某個階段會有某個強迫行為、某個階段會有抑鬱症狀，但不代表我們會一直是這樣的人。這些行為和症狀都有原因。於是，我們也說了為什麼會有某個強迫行為以及為什麼。那個每次洗澡前會先刷淋浴間的人，在父母家的時候就不會這麼做，因為覺得就算自己刷了也沒法保持淋浴間的乾淨，而在自己租的房子裡會更有掌控感。

一些強迫行為是為了尋找某種秩序，找到自己的掌控感和安全感。

有個朋友在考英國的會計師證，她說每個人都應該了解一些基本的會計知識，英國是自己報稅，這是一個參與和了解國家稅收政策的方式，如果有不滿意也可以針對性地提建議。而我們很多人對自己納稅的情況一無所知，只是被動地執行稅收政策。

有些所謂的專業知識我們會覺得沒有必要了解，也有人試圖用專業主義把普通人排除在外，甚至利用這種

資訊差為自己謀利。當然，對每個專業的深入了解都需要長時間的學習，但總還是有人在用簡單的語言為普通人科普這些內容。這次疫情中，就有很多人做關於防護、病毒的科普解說。

今天是陰天，我沒有出門的需求和欲望，覺得有些輕鬆。

早上整理了一些資料，很快的2個小時就過去了。

有朋友前幾天推薦我看《浩劫求生》（*Surviving Disaster*），這是一部模擬真實生活環境下的災難系列教學紀錄片。中午看了第一集，是關於飛機遇劫的；有一個人全程教大家如何制伏劫持飛機的人和自救。在將劫匪的手腳都綁起來的過程中，他說：

「現在要剝奪他們的感官能力，此刻最重要的就是控制，我們要盡量剝奪他們的掌控能力，視力、說話能力，甚至塞住他們的耳朵，這些人會完全變成廢物。」

那一刻，我和劫匪產生了共鳴。我們像是被當作劫匪一樣對待，雖然不是被直接地剝奪這些能力，然而，我們看到的和聽到的資訊被過濾，我們經常發不出聲。

有關李文亮的一些資訊已經在消失。社會讓我們自我審查，一些人還審查別人，建議別人刪除和他無關又沒有侵害任何人的言論。

下午，我和一個朋友約了見面。

她是我到武漢認識的，只見了2次面，但還挺投緣的。上次和她見面是1月19日，沒想到這次見面會是在封鎖的城市中。

這是一次多麼難得的相聚啊。

她有電動車，所以是她來找我。我出門的時候下著小雨。

朋友全副武裝，戴著口罩，穿著雨衣，背包上也套了防雨罩，腳上穿的是藍色的雨鞋。幸虧外面沒人，不然連我都認不出她來了。

我們非常有默契，我沒有邀請她到家裡去，她也說我們在外面找個地方坐一下。

現在想找還營業的休閒場所是不可能的。一間餃子

全副武裝的朋友。

館的門口搭了一個簡易遮雨棚，棚下有張凳子，我們就坐在那聊天。

她也希望可以為這座城市做些什麼，想拍一些影片記錄封鎖中的武漢。

可以做事情的想法讓她非常興奮，她講話的時候充滿了喜悅。

雨停了，我們去江邊走了一會，江邊的磚縫裡都長了青苔。

網友留言：

- 傷疤或許不再疼痛，但無法從記憶中消失！

- 看妳的日記總覺得很激勵人心，謝謝妳把這一切
  記錄下來。

- 還是別出門的好！我們這裡連下樓都不成了。

2月11日
封閉式管理開始了

很多網友開始關心我的飲食,這讓我有些意外,因為我覺得自己吃得還不錯。

小時候,每天早晚基本都吃饃菜湯,[1] 湯一般是白麵湯,就是用麵粉加少量水攪成固體糊狀,再加水把它攪成液體糊狀,等水開了攪拌進去。我和弟弟不喜歡喝白麵湯,家裡偶爾會煮米湯,但裡面放的米也很少。中午幾乎都吃麵條,家裡逢年過節才有肉吃。夏天可以吃的蔬菜種類多一些,因為農村人都會自己種菜。冬天能吃的菜比較少,主要是蘿蔔、白菜、馬鈴薯、洋蔥。

儘管現在是冬天,我能吃到的蔬菜種類還是比較多,也幾乎天天有肉吃。我每天喝粥是嫌麻煩,為了省去一些洗鍋煮飯的時間和工序,早上會順便把晚上的粥一起煮好。我還算是喜歡做飯的人,但每天花很多時間

1　編注:麵餅類製品配上菜與湯。

做飯和洗碗不太容易。日常的做飯、洗碗是相對單調和重複的工作，而人一般做創造性的工作時會更有價值感。如果是在閒暇時間學做一道新菜，會很有滿足感，日常為了飽腹而做飯則很難有太多樂趣。很多偶爾做飯的男人，就不能理解女人對家務勞動的抱怨。

貧窮歸根結柢是分配不均的問題。

當貧窮遇到疾病時，死亡就更近一些。此次疫情中，各省市的病死率中，天門的一直居高不下。2月9日，湖北省衛健委首次公布的省內各市州因病死亡人數的資料顯示，天門的病死率是5.08%，居全省首位。天門市有2家三甲醫院，[2] 綜合性的三甲醫院只有1間。天門的醫療資源有限，面對疾病死亡的風險就更高。

昨天的晚餐是蒜苗香菇炒豆乾。晚上照舊和朋友們聊天。

有人出社區的時候被量了體溫，顯示34℃，她還

2　三級甲等醫院，在中國「三級六等」醫院分級中是最高等級的醫院。

有家人量出的體溫是32℃，據說還有人測出25℃。測量體溫的人說愈低愈好，完全無視人類應有的正常體溫標準。

有人問：「如果解封了大家第一時間會做什麼？」就有人提到看到的一個段子，網友說要在家再關一天，萬一第二天闢謠了呢。大家都莫名覺得很有道理。

之後講到後悔的事情。有朋友後悔送我的禮物不夠多。我表示自己一直對收禮物這件事覺得有壓力，總是被「禮尚往來」的社會規則束縛，覺得應該還禮，可是挑禮物也很累人，總是希望別人可以喜歡或用到。大家紛紛表示也有此困擾。

窮人會更在意送禮。有朋友說：「張愛玲的小說裡有個人家裡很窮的時候去別人家總會拿一些伴手禮，可是他家裡寬裕後就不再這麼做了，而且不再擔心別人的評價。儘管別人會說他以前總是會帶禮物，現在就不講禮數了。」

從小，周圍的人都是通過別人的禮物判斷關係和等級，父母會看誰家過年送了什麼禮，婚嫁的時候哪個親戚包了多少禮金。我初中的時候1週的生活費是10塊

錢左右，堅持省吃儉用給朋友買生日禮物，也會期待在自己生日的時候收到禮物。

很多人都跟以前的同學不再親近了，但頗有社會壓力，總還是在同學結婚的時候包禮金給他們。送禮物本應是心意的表達，卻成了走過場的形式。有個朋友在參加婚禮的時候不會包禮，而是送一些特別的，甚至是自己手工做的禮物，但她也免不了會覺得不好意思。在這樣的環境下，一塊摳門的朋友就變得很難得，我們可以在一起買東西的時候講價，買到低價的東西還會有成就感。

有個朋友說，剛畢業的時候買過上千塊的大衣，現在想來那也是出於一種焦慮，但買貴的衣服並無法平復焦慮。

今天是陰天，早上我本來不打算出門，結果看到武漢市新冠肺炎防控指揮部在半夜發布通知，決定在全市範圍內所有住宅社區實行封閉管理。

這下，我必須出去了。

我要確認這是不是真的已經開始落實，以及封閉管

理究竟是怎麼回事。

社區門口除了保安外還有3個人，我出門的時候並沒有人阻止我。

我去了超市，蔬菜很多，肉幾乎被搶空，優酪乳在半價。我到肉櫃前的時候，剛好稱重的工作人員又稱了幾包肉放過來，我就買了3袋肉。一些零食賣光了，我買了一些牛肉乾。

這可能是我最後一天出門，我想在外面多待一會，就騎著車遊蕩。

藥局門口有幾個人排隊在買藥，自覺地和彼此保持著一定距離。

今天檢測體溫的志工又擺了桌子出來。有幾個賣菜的小販在關門的店鋪前擺攤，被城管要求挪到一個店鋪的側面。至少有8個城管在處理這件事，他們只是站在一旁，沒有一個人幫他們搬蔬菜。

路過積玉橋街社區衛生服務中心，我見到門口有幾

個穿防護服的人，有個手拿CT照片的人跟穿制服的人說著什麼，我沒有聽清楚。

社區門外還是站了3個人，其中一個穿了防護服。

我進社區的時候，他們對我說：「盡量少出門。」我擔憂地說：「那買菜怎麼辦？」

「多買一些。」
「那吃完了也要出去買。」
「可以出。」
「你們每天都在這裡嗎？」
「不會，保安會在，市裡要檢查。」

面子工程總還是會有人力。被封鎖的不只是病毒，還有人。

回家後，我把3袋肉分成了14份，接下來的2週，我都有肉吃。

網友留言：

- 這個時候冰箱真的好重要啊……

- 把切好的肉用保鮮膜包起來，可以冷藏很長一段時間也能保鮮，還節省塑膠袋。記得保護好自己。

第六章

現在缺什麼？缺自由

2月12日
封城之後，人能往哪裡逃？

封城之後，有個女權夥伴問我是否了解封城中的家暴問題？

她擔心地說：「如果女人被家暴，員警還會不會出外勤？她能獲得援助嗎？」在封鎖的城市裡，一個女人受了家暴，一些認為這是家務事的員警這個時候就會更加不願意處理這樣的案件。受暴者此時也很難獲得社會支持，因為社工機構也都沒有上班，她連想離開家都是困難的，很難有人會收留她，此外，交通不通她也很難走遠，就連酒店、旅館也都沒有營業。

昨天，我的朋友L說她弟媳的姊姊被家暴了。

女方和男方已經離婚，有2個孩子，平時一人撫養一個。春節前，男方跪在女方的面前求她跟他一起過年，孩子也很想一起過，在一旁哭，女方於是就去了男方家過年。昨天，女方被打後，拉著行李、帶著2個孩

子，堅決地離開了男方家。

女方想來L家，可是她們不在同一個縣城。因為封城，進出縣城和村子都要開證明，L擔心她出不了縣城，也擔心女方所在的縣城不認可證明，擔心她出了現在所在的縣城就回不去了。L後來和家人一邊去開證明，一邊讓女方報警。

女方報警後，員警並沒有出外勤，只說可以讓L和家人去接女方和孩子，但男方家裡離兩個縣城的邊界很遠。汽車不能上路，L和家人只得聯繫男方，讓他騎三輪車追上女方和孩子，把他們送到兩個縣的交界處。

最終，L和家人取得了一張證明，可以開車去接女方。他們接到女方時，她和2個孩子已經走路走了4、5個小時了。

昨天的晚餐是蒜苔炒肉和稀飯。

晚上和朋友們聊天。有人白天看了電影，有人看了書，有人下了K歌軟體在K歌。我們聊到這兩天新聞裡很多並不富裕的老人捐款的事情；比如一個退休環衛工把自己多年攢下的10萬積蓄都捐了出來，帳戶裡只剩

13.78元。我們都覺得心酸，而非感動。

他們的捐款會被合理的分配嗎？

社會配得上他們的捐贈嗎？

如果有一天他們生病了，社會保障系統能保證他們獲得醫療救治和照顧嗎？

有人懷疑這個新聞是故意引導人們捐錢，但很多人不是不願意捐錢，而是在意錢捐給誰。

我們於是聊到老年的話題。

有人說：「在農村，老年人的社交圈主要是親戚和鄰居。」有人說：「我外婆生活在城市裡，經常去領免費的保健品，她比較精明，就只領免費的保健品，但有很多老人就被騙。」老年人的社交圈會因退休而變窄，但他們仍然有社交需求。有人提到，杭州有人出租自己的房子，和別的老年人一起生活，但一起生活會有生活習慣不同、溝通不良的問題。可是，我們現在和別人合租也會出現同樣的問題，這就是日常生活的磕磕絆絆。

我們對老年人的了解和認識比較少，通常大家想像中的老年人是沒有精氣神的，和社會脫節的。事實上，「老年」也需要被重新定義。年齡在不同人身上的體現會有差異，農村人更容易老，因為很多人做體力活，且長年累月在外面曬太陽。遺憾的是，由於勞動力相對過剩，城市中的老年人在達到退休年齡後很難再找到工作。很多老年人不願只是困在家裡，他們盡可能地擴展自己的生活，其中有很多人會跳廣場舞，有一定經濟條件的人則會開始四處旅遊。

昨天，朋友圈裡很多人發了立掃把的影片，因為有人傳「NASA說因為今天地球完美的重力角度，是唯一一天可以讓掃把獨自站立的日子」的消息；朋友說她自己一開始也有點懷疑，可是試了一下竟成功了，覺得很神奇。

掃把能夠立起來，取決於掃把本身的情況；任何物體愈重愈寬，站立的機會就愈大。這種消息其實平常也有人信，只是因為現在大家都比較閒，更有時間和好奇心嘗試一下。

武漢昨天開始對所有社區實施封閉管理，本來想著今天要繼續出門了解情況，還想了很多出門的理由，但起來的時候卻感到特別疲憊。做運動本來會讓人醒神，但我是迷迷糊糊地做完了運動，再加上是陰天，我就更加沒有出門的動力了，於是給自己放了個假。「074熱線」最近接到2個關於性侵的諮詢，我和夥伴對個案做了一些討論和分析。我短暫地回到了往常的生活。

　　陽光不知道什麼時候出來的。
　　下午5點鐘，我望向窗外，外面陽光很好，對面的樓有人曬被子，樓下有一家人像是剛從超市回來，從車上拿下了好幾袋東西。

網友留言：

• 對於老人來說，如果這筆錢能夠落到應該的地方，才是最值得的。

• 無比希望老人捐錢的新聞都是假新聞。

• 正如大家說的，不是不想捐款，而是現在好多人都不知道錢捐給了誰？有沒有用到該用的地方？

2月13日
缺自由

有人問我現在寫日記和我以往所做的助人工作之間的差別。

這是很有趣的問題，兩者的區別在於我是武漢封城的親身經歷者。

以往，我做的是支持他人的工作。儘管我對她們遭遇的性別歧視和性別暴力有一定的了解，但那些始終不是我自己親身經歷的事。現在，我除了依然是個行動者，同時也是一個親歷者。

我在向別人講述我所了解的武漢，我也在講述在武漢的我。

這個講述必然要有一定程度的自我暴露，暴露我的無力、疲憊、憤怒、掙扎和抵抗。

公開講述一定會引來人們的審視和評論。那些性別

歧視和性別暴力的受害者在公開講述自己的經歷時，也和我一樣面臨這些問題，而她們當中有很多人依然選擇了講述。這是不容易的事，我盡力保持真誠。

昨天的晚餐是萵筍炒肉和稀飯。

晚上和朋友們聊天。有人白天去餵貓；有人買了食物送給在村口關卡值班的人；有人在看司法考試的影片。

我們講到衝突。大家都很害怕面對衝突，尤其是暴力衝突。有人無法承受衝突中的失控感；有人會感受到暴力的威脅；有人在衝突面前充滿了無力感。好幾個人講到小時候被家暴的經歷。有人經歷的暴力是失控的暴力，打她的爸爸情緒無法捉摸，這讓她害怕且無力；有人經歷的是「理性的暴力」，家長會因為她沒有吃完飯、沒有按時睡覺就打她，這讓她總是小心翼翼地想自己是不是做錯了什麼？

小時候，面對暴力，我們只能蜷縮在角落。現在我們成年了，我們之中卻依然有人說在面對暴力衝突的時候不知道怎麼做，像是被凍住了。

很多女性在被性騷擾的那一刻也會凍住，一下子愣住了，不知道如何反應。這是弱者無力的表現。

為什麼會這樣？

女人不被社會鼓勵表達憤怒，不被鼓勵發脾氣。女人發脾氣會被罵潑婦，潑婦是對女人的詆毀，這個詆毀甚至要比說一個男人是家暴男更嚴重。女人很難向別人、向社會表達憤怒，很多女人只得默默忍受、獨自傷心。有人說女性會在面對衝突的時候用冷暴力，可是更覺得是在懲罰自己而不是別人。女人也更少直接表達出自己的不滿，這需要練習。有時候，我們會在想像中張嘴連珠砲似的和人吵架，但在現實中總是磕磕巴巴。有人說用自己的母語或方言吵架會更有氣勢。當然，我並不是鼓勵大家吵架，而是思考和練習如何在遇到衝突的時候學會表達自己。

我們講到孤獨和獨處。有人在脆弱、迷茫的時候會覺得孤獨，有人會在陌生環境時，有人會在自己被遺忘、被人忽略的時候，有人則是在要獨自承擔責任的時候會感到孤獨。

然而，獨處卻並不一定會帶來孤獨。

有人說：「直到最近我才有自己的房間，才有機會去嘗試自己可以獨處多長時間、探索自己的舒適點。獨處對我來說是充電。」

有個朋友小時候父母大部分時間不在身邊，小學就自己住，在學校也沒有朋友，異常孤獨。她想像過月光變成人形陪自己睡覺。她喜歡看哈利波特，想像過自己有一天會被接走，因此在櫃子裡準備了一些日常物品，這樣一來被接走的時候就可以帶上了。

她像是一個活著但不存在的透明人。然而父母誇獎她，認為她很獨立。

我們需要獨處的機會，而非長期的孤獨。

現在很多武漢人可能也面臨了孤獨的問題。

在武漢的人，有人不能出門，有人不敢出門，身在外地的人也面臨被排斥和歧視的問題。

我們很難找到空間和機會，表達封鎖帶來的種種情緒，而這會讓人產生孤獨感。

早上出門的時候，陽光剛剛透過雲層照到地上。

　　我出門的時候，保安沒有攔下我，也沒有問我什麼。我覺得能自由出門很是幸運。

　　昨天，有朋友問我現在缺什麼？我毫不思考，脫口而出說：「缺自由。」

　　封城後，城市的馬路上沒有了喧囂，可以聽到鳥叫聲。

　　有個老人家在一棟樓的側面打太極。超市開始控制進店的人數，隊伍從離門口5、6公尺的地方才開始排，人與人之間隔著1公尺的距離。

　　有一個路口擺著桌子，是供社區工作人員用的，桌子上放著體溫計和洗手液，旁邊有8、9個人，有2個人坐在桌子後面。

　　有個老人家跟那2人說著什麼，其中一位戴著社區工作人員專屬的紅帽子。過了一會，老人家離開了，我便走過去問她怎麼回事？她著急地說：「老伴要去醫院

超市外排隊進入的人，和入口隔著一段幽微的距離。

看病、開藥，他不是肺炎，是腦溢血，要一個月去一次醫院，哪曉得出了這個事，都熬了好幾天啦。他走不到醫院，社區也不幫我們安排車。」

她丈夫吃的藥是處方藥，很難買。

前面站著5個穿制服的人，這位老人家又過去跟他們說明自己的情況，穿制服的人回說：「這個還是找社區。」她只好無奈地走了。

這幾個穿制服的人是在這裡看著賣菜的人收攤的。

賣菜的人很不滿，小聲抱怨著。他們可能也面臨生計問題，所以要出來賺錢。

其實，他們擺攤的位置相對空曠，跟超市密閉的空間相比反而更可以避免病毒的傳播，但他們就是要被驅趕。

社區門口和城中村的路口，都多了一些戴紅帽子的人和寫著「不出門防病瘟，要平安控出門」的標語。這些標語牌看起來像是統一列印出來的。這類宣傳的事情很容易統一化地執行。

我在一個路口停下來拍照，坐在凳子上戴紅帽子的人非常警惕，馬上站了起來。

「妳要做什麼？」
我有點不耐煩地說：「拍照。」

「妳是記者嗎？」
「不是，我住在附近。」

　　社區衛生服務中心門外有2個穿著防護服、戴著口罩和護目鏡的人和一位老人家講著什麼，我不敢靠太近。

　　後來在路上又遇到兩個新的隔離觀察點。其中一個隔離點隔離了兩間相鄰的酒店，門口有好幾個人，他們脫掉自己的防護服，然後用黃色的噴霧箱消毒。

　　還有路過一間小超市，門口用空的菜籃子擋住了，買東西的人在外面選東西，收銀員在門口結算。

　　有一個社區有人正要進去，她手裡拿著一張紙，向保安出示，可能是出入證。

把入口擋起來不讓客人入內的小超市。

下午，對面供電局大樓很大聲地放著音樂，是那種店家在招攬客人的感覺。平時每間店都在放音樂，吵得很，現在只有一個地方在放，顯得有點稀罕。

2月14日

每天都可能是最後一天

我們能不能出門？這件事不再由我們自己決定。

我雖然在武漢，但還算幸運的是，我還能出門。有很多地方的社區都限制人們進出了。

一個在湖北某縣城的朋友說，她所在的社區已經被限制出入好幾天，昨天發通知說要開始完全禁止出入，連買菜都不行。於是昨天早上，她家人趕快帶著口罩和通行證出門買菜。菜市場有很多人在搶菜。她家人買馬鈴薯的時候，前面有一個人打算買完架上所有的馬鈴薯，她家人請求他留一些，這才買到了一點。下午，她家人想再出去買一些東西，就出不了社區了。

這如同武漢封城時的套路，臨時通報，沒有告知居民生活如何得到保障。

政府在應對傳染病的時候，除了控制病毒本身，還

要將人們的恐懼考慮在內才是。可是真實情況卻恰恰相反，有些地方開始鼓勵人們舉報，只要舉報一個新冠狀病毒肺炎病人，就能拿到獎金1萬元，自覺去醫院的病人也會得到一些獎金。

人們對政府的信任、人與人之間的信任不斷地被消耗，恐慌卻在被加強。這幾天周遭的管控變得愈來愈嚴，超市限制進入的人數愈來愈少、周邊被封起來的地方愈來愈多、出現了更多的隔離區域。在很多人需要幫助的時候，社區工作人員、穿制服的人卻都成了無能者。我感到深深地絕望。

昨晚的晚餐是香菇炒肉和稀飯。

晚飯後和朋友們聊天。有人在學英語，大家分享了一些學習經驗，大體上說是要經常使用，多聽和看英文的文章和節目。當然，張口說也很重要，這是我們學英語過程中遇到的難題。有人說：「學習一門語言學的不僅是一個技能，還是一種文化。」

日本記者伊藤詩織將自己被性侵的經歷寫成了一本書《黑箱》，曾到中國多個城市分享自己的經歷。有個

朋友參加了她的活動，她說伊藤詩織講日語就特別謙卑，講英語的時候就很有力量。

因為現在大家都宅在家裡，我們就講到一些宅文化。很多宅在家裡的人自嘲為「肥肥」，他們之中一些人有全職工作，但可能是小螺絲釘般的沒有創造性的工作，也可能是父母幫忙安排的工作。

「肥肥」花很多時間玩遊戲，他們喜歡二次元。遊戲和二次元的文化裡充滿了性別歧視，將女性作為性客體來呈現。

很多「肥肥」和父母生活在一起，父母甚至還提供他們生活所需。這是一種對社會的消極抵抗。因為階層固化，年輕人缺乏試錯的機會，於是很多人看不到能讓自己上升的空間，那是一種「努力也沒用」的絕望。

即便如此，女人依然宅不起。社會從來不會讓女人輕輕鬆鬆地得到照顧。

女人如果閒在家裡，受到逼婚的壓力更大，在家不做家務也會受指責。如今，任何一個性別要以傳統的社會性別標準生存都非易事。很多人開始逃避自己的社會

性別：男人不想承擔社會加給他的養家餬口責任，女人則不想再作為「賢妻良母」照顧家庭。

有人說她昨晚夢到自己沒有戴口罩，在夢裡東躲西藏的。於是我們講到夢。

很多人都曾夢過考試，而且在夢裡自己經常沒有做好應試的準備，或是考試的時候想抄別人的答案卻不可得。

我自己時不時會夢到初中、高中的時候。夢裡的我總是焦慮著要考試了。

考試會有一個結果，它可以用來判定我們是不是好學生。我們從小就背負著這個壓力。大學畢業後，我們可能不需要再通過考試證明自己，但還是有一些時候會對自己充滿懷疑，似乎需要一些標準來證明自己。其實，某一次的成績就能夠決定一個人的一生是很悲哀的，遺憾的是我們的社會就是如此。

我是我們村莊裡的第一個大學生。我覺得，讀大學對我來說是非常幸運的事。

上大學後，我開始讀一些社會學的書、關注社會議

題、參與行動，結識志同道合的夥伴。我的世界不斷被拓寬。

有幾個人還經常夢到廁所。有人夢到急於上廁所卻找不到廁所，有時候是真的尿急，有時候好像是因為某種焦慮。有人在夢裡當著很多人的面上廁所，會有一種羞恥感。

我偶爾會夢到初中的廁所，它在教學大樓的後面，照不太到陽光，很陰暗。那是沒有隔間的廁所，裡面只有一排坑，大概有2、30個，供約1,000人使用。夏天下雨的時候，廁所就會積水，人要上廁所，就必須踩著隔一段距離墊的一個個磚塊進入。此外，夏天廁所還會長很多蛆，上廁所要不踩到是不可能的。

那裡很髒，是一個我想要逃離的地方。

今天8點左右下了雨，雨聲很大，我便起床了。

打開窗戶，微風吹過，我竟不覺得冷，反而覺得挺清爽。

不知道從什麼時候開始，天氣發生了變化。

我倚著窗戶，在窗前站了好一會。樓下，有人開車出門。

路上很少人。

我在想，今天要不要出門呢？

每天出門不再是必須，但我也沒有計畫，而總是臨時決定。

每天都可能是最後一天出門，而我擔心，之後要是真的不能出門了自己會後悔。

可是，今天更重要。

我有很多工作要做，但似乎都不緊急。沒想到，我是在這樣的處境裡變得有點拖延的。

最後，我沒有出門，從一些瑣碎的工作做起，慢慢定下心來。

2月15日
魔幻之城

現實的魔幻總是超乎想像。

早上看到一篇文章,名為〈有人買了一批口罩,發貨地是武漢市總工會漢南工人文化宮〉。文章寫到在口罩到處缺貨後,一些人組了一個團購群組,尋找各種能買到口罩的管道。

有個微商說有批來自河南工廠出口的日本口罩,但口罩發貨後,物流卻顯示是從武漢發出的,快遞的箱子上還寫著「救援物資」。這篇微信文章很快被刪了,但爆料的微博還在,有人在評論裡寫到自己朋友買的1萬個口罩,也是從武漢發的貨。

下午,武漢開發區在微博上闢謠,說寄件人用了化名,和武漢市總工會漢南工人文化宮無關。寄出的口罩是武漢華世達防護用品有限公司生產的,不是社會捐助的物資。武漢華世達防護用品有限公司地址為:漢南紗帽微湖路511號,在原「漢南文化宮」附近。快遞員取

件後，定位取件地點「武漢華世達防護用品有限公司」附近時，高德地圖電子地圖定位的郵寄位址卻是「武漢市總工會漢南工人文化宮」。快遞員證實了這一點。可是依然無法解釋箱子上為何寫著「救援物資」。我2月2日時問過順豐，快遞員說武漢不能往外地發快遞了。

朋友圈前幾天廣傳的一段諷刺影片是《一支勞力士的回家路》。有個企業家買了10萬個口罩捐出去，在封箱的時候勞力士手錶掉進了箱子裡。口罩運到了負責分配物資的地方時被領導拿去抵帳，送給男科醫院的院長。後來，醫院裡有人買下這批口罩，找微商轉賣。沒想到幾經轉手，企業家又買回了那批口罩，拆箱子後發現了自己的勞力士。轉賣的過程中，大家還通過瞞報價格賺錢。影片結尾的字幕打著：

本故事純屬虛構，如有雷同不勝榮幸。

昨天的晚餐是高麗菜炒肉加稀飯。
晚上和朋友們聊天。好幾個朋友都開始早睡，有人

會早睡早起，有人早睡依然晚起。有人說：「身體在逃避現實的壓力和創傷。」

有個朋友講到她妹妹從小喜歡和她比較，在很多方面比較，比如在學習成績上、交友方面。只要妹妹對結果不滿，就會跟朋友吵架、情緒懲罰對方。人在沒有找到自己珍視的東西的時候，總是喜歡和別人比較，看到別人有而我們沒有的東西，並因此感到自卑、嫉妒或不公。比較是具有社會性的，我們從小就在被比較，比學習成績的好壞，是否有特長、家庭背景等。

有人從小就不喜歡買衣服。好幾個人聽了表示有同感。買衣服的時候經常會被評價，被父母、朋友、店員等，總是有人說你這裡胖了、那裡粗了，讓人很不舒服。

我和朋友們現在相對擺脫了主流社會對女性的束縛。我們講到相對主流的時候，分享了主流照，照片裡的大家都是長髮。那個時候，大家也穿高跟鞋，有人穿過9公分高的。有個朋友說：「大家主流的時候都沒有特點，現在更有個性。」我們之中有好幾個人是在大學之後才開始留長髮，因為在初、高中時期短髮更節省時間，對學習更有利。初、高中的時候，學校會控制學生

的衣著和髮型，褲子、裙子要過膝，不能燙染頭髮等。我高中時有個女同學的頭髮是自然鬈，老師卻懷疑她，硬讓她把頭髮拉直。

我們講到化妝，好幾個人也嘗試過畫淡妝。好女人要畫淡妝，顯得清純。有人說：「畫濃妝需要勇氣，自信了才敢畫濃妝。」

昨晚10點左右，窗外開始有轟隆隆的雷聲，我打開窗戶，風呼呼地吹著，還下起了暴雨。我的窗戶外面有遮陽板，雨還是打到了窗戶上，咚咚響。小時候很喜歡下雨，因為下雨就不用下田幹活，可以在溫暖的被窩裡睡覺或者玩耍。

此刻的暴風雨像是警示，地球對人類再次的警示。

有朋友說：「新型冠狀病毒、地震、禽流感、寒潮、蝗蟲，這一系列的災難像是地球對人類的攻擊。」

我躺在床上，外面哐噹哐噹地響，是雨打在工地的臨時護欄上的聲音，再加上雨打上窗戶的聲音。

我想要擁有暴風雨一般的力量。

昨晚的聲響搞得我很久才睡著，今天9點多才起床。起床時外頭還下著雨，還是那般猛烈，工地上的臨時護欄有些地方都被吹破了。

窗戶上起了霧，看不到外面。這樣的天氣待在屋裡最舒服。

下午，我發現我住的房子外側漏雨，水滲進了裡面，滲水的位置剛好還有個插座。當時，我還正在使用那個插座。

我在聊天群組裡跟朋友們說了這個情況。有個朋友說：「看看能不能找到控制這個插座的閘門按鈕，可以用小電器去試一下。」我就去試。後來她馬上打了電話給我，擔心我去試那個插座而被電死。

電閘有3個開關按鈕，一個管房間和浴室的插座，一個管空調的插座，一個管廚房的插座。我關掉那個管房間和浴室插座的按鈕，也沒了燈。幸好前房客留下了一盞舊檯燈，現在它成為房間內的唯一照明工具。

我跟房東說了房子漏水，房東叫我跟物業公司講一下。不過這也不是緊急的事情，現在物業公司肯定不會管。

　　下午下了雪。

　　作為一個北方人，這幾年在南方很少見到雪，我想著可以順便看看雪，就下了樓，看到物業公司的門關著，以為沒人，就去警衛室問一下情況。

　　到了社區的門口，我還沒開口，保安就攔下我，說：「現在只有看病和上班可以出門，要去物業公司開出門證。」我擔心地問：「那買菜怎麼辦？」

　　「買菜也可以，要開出入證才行。」
　　「什麼時候不讓出門的？」
　　「今天開始，是市裡發的通知。」

　　我於是又來到物業公司，敲了門，有人開了門，裡面有3個工作人員。

　　我跟他們說了房子漏水的情況，有個工作人員說他們不管，這個要房東自己修。此時，有兩個老人家從我

住的那棟樓出來，跟物業公司的人說要出門隔離，說是疑似病例，一個物業公司的人就帶他們出了社區。

我心裡一驚。

當時我急於跟物業公司的人確認出門的事情，也沒問他們的情況。

我問社區的人說：「買菜怎麼開出入證？」

「3天出1次。」

「我剛好下了樓，這個口罩都用了，能不能讓我出門買個菜？」

「不能因為這個出門。」

我只得回頭，上樓去了。

有人正和社區服務中心的人溝通。

第七章

我成了一個受批准才能出門的人

2月16日
居民臨時通行證

倒楣是怎麼一回事？

我2019年11月搬到武漢，武漢12月就出現了新型冠狀病毒，1月則病毒大範圍擴散。

前兩天下暴雨，我住的房子漏水。12月，我在閒魚交易上買了電子鍋和炒鍋，現在電子鍋按鈕出了點問題，要按很多下才有反應，炒鍋的手把則掉了一個螺絲。拖把的擠水把手位置的螺絲，還掉進了蹲式廁所裡。

我算挺倒楣的，但肯定不是最倒楣的。

遇到倒楣事怎麼辦？小人物只能自己處理。

何昊倒楣嗎？他14日發了一篇微博，寫道：

從沒覺得我爸有多大本事，當了一輩子官我沒沾到一點好處。

直到這次疫情，在全省封路的情況下，通過他的關係派車把我從天門接回荊州。

　　天門一度是新型冠狀病毒肺炎死亡率最高的城市，被困在天門很倒楣，想離開是人之常情。可是在這種情況下能離開的人很少。何昊還在微博上曬過2019年的支付寶帳單，支出共286萬，其中居家生活費212萬，穿衣打扮費32萬元。

　　2月15日，何昊又發了道歉聲明，解釋說他的父親是荊州市商務部門的科長何炎仿，無權派車把他從天門接回。他在微博上宣稱何炎仿只是利用朋友的關係，在天門聯繫了一輛運輸生活物資的返程車輛載他回來，又稱說他自己是一個在廣州從事服裝經營的個體戶，支付寶年度帳單是他經營的流水帳單，錢不是父親給的，公開發文是為了炫耀自己的成績。

　　何昊很倒楣，本來只是虛榮心作祟，想炫耀一下，卻遇到認真的網友。可是他已然運用了自己的特權，獲得了好處，這個冠冕堂皇的道歉又對誰有實際的幫助呢？

昨天的晚餐是蒜苔炒肉和稀飯。

昨晚房間裡只有一盞檯燈，我在半黑暗中和朋友們聊天。有人說一度有幾天沒胃口，後來發現只是自己做飯太難吃了。有人說：「封城還不到1個月，感覺半年過去了。」

我們聊到伴侶對前任的分手暴力跟自己是否有關。

首先，不管是否是前任，一個人對前任交往對象有分手暴力，我們都不應該視而不見，而應該為阻止暴力或者要求道歉等懲罰出一份力。另外，很多施暴者都是只對某個人施暴，這樣的人並不會輕易改變自己的行為模式。

2018年11月，藝人蔣勁夫曾因為家暴日本女友被拘留。

2019年11月，蔣勁夫的新女友稱她被蔣勁夫家暴了，說和蔣勁夫在一起的日子，就像在監獄。

所以對自己而言，伴侶如果對之前的暴力行為毫無歉意，那你就有可能成為下一個受害者。

我對限制出門感到擔憂，並再次有了恐慌感。

和朋友聊天的時候我有點想吃東西，卻好似不是因為餓，但因為不知道什麼時候會沒東西可以吃，便只吃了一個牛肉粒零食，也不敢多吃。

　　睡前我開始胡思亂想：如果物業公司不讓我出門，我可以從被暴風雨破壞的臨時圍欄的空隙中偷跑出去。可是，我不知道偷跑出社區被發現會有什麼懲罰，也擔心自己現在承受不起破壞規則的代價，儘管這個規則是不合理的。

　　對能否出門的擔憂進入了我的夢。夢裡的我和別人困在一個不熟悉的地方。這個地方有不止一個出入口，我們發現一扇門無法通往外界，就再去試下一扇門，看看是否能夠出去。

　　今天陽光明媚，外頭的路面大致上都乾了，沒有太多暴風雨的痕跡。

　　樓下的社區有 2 個清潔員在掃地，一個人在遛狗。

　　我打開「餓了麼」的 App，所有的超市的介面都顯示著：「臨時休息中，請改天再來。」

因為昨天要求出社區被拒絕，我不知道今天能不能獲得出門證，便抱著姑且試一試的心態到了管理室，說要出去買菜，工作人員便給我開了張「居民臨時通行證」。這張通行證看起來是大量印刷的，上面寫著住址和出入日期，出入日期最早是 2 月 12 日。

臨時通行證上還有備註：

1. 一戶一證，請妥善保管。
2. 每戶每三天可派一人外出。
3. 憑此證出入社區。

我成了一個受批准才能出門的人。

出社區的時候，保安攔下了我，也沒看臨時通行證，而是給我拍了一張照。

我似乎沒有拒絕的權利，都忘了問他為什麼拍照，只是想著要出門。

他還叮囑我說：「一次多買點菜。」

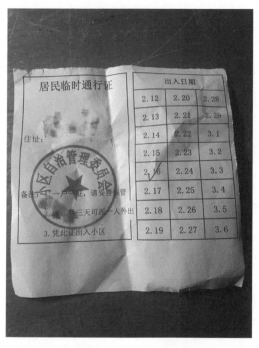

臨時通行證（＊照片經過後製處理）。

踏出社區的瞬間，我頓時覺得輕鬆許多。

外面有3隻狗在路中央曬太陽。

有一個巷子口被藍色圍欄遮住了，藍色圍欄外面又用黃色護欄和一輛摩拜單車抵住。藍色圍欄上貼著《武昌區關於實行居民區封閉式管理的公告》，內容有8條：

一、嚴格實行社區封閉式管理。

二、嚴格杜絕集聚性活動。

三、嚴格返漢人員管理。

四、嚴格公共場所管理。

五、嚴格居家觀察管理。

六、嚴格信息發布。

七、嚴格小區環境治理和出租房管理。

八、嚴格執紀執法。

第七條寫道：「落實出租房管理責任，加強對承租人管理，如有異常情況，要第一時間報告，若發生疫情未及時報告，將依法追究房屋出租人或單位的法律責

被封起來的區塊。

任。」

這是讓房東監管租客嗎？

一般租房的人應該都是成年人，如果真的感染了肺炎，是自己負責吧。很多人和房東也不住在一起，要如何監管？這會不會讓房東把租客趕走呢？

這時，有人把藍色圍欄推開一些，從裡面走了出來。

不止一處的巷口或路口被封起來。看來，我企圖通過臨時圍欄跑出社區的想法太天真了。

超市的路口有社區工作人員在貼公告。一個人貼完後，另外一個人負責拍照記錄。

超市門口有10多個人排隊，大家排隊時都很自覺，等有人出店了之後再進去。這時，有個人卻不管這些，逕自走進了超市裡，排隊的人見狀都很憤怒，還有人罵了起來：「沒見過這麼不要臉的人。」進去的人沒有回應大家的憤怒和謾罵，也不知道是誰。

超市裡面大概有20多個人。門口水果架上的水果比以往空了一些。蔬菜挺齊全的。有個放冷凍食品的冰櫃空了，優酪乳的架子也比較空，午餐肉、香腸這些都

沒了。今天的肉櫃裡有肉。

　　我今天的心情和第一天封城有點像，再次為生存擔憂。

　　現在是3天外出1次，不知道明天會不會改成5天1次，甚至10天1次，1個月1次。

　　我又買了5公斤的米、2袋麵條和夠我吃一星期的菜。

　　出了超市，我發現剛才騎共享單車過來的時候忘了鎖車，那輛車被人騎走了。我的帳戶被暫時凍結，只得自己拎著10幾公斤的東西走回家。

　　走在路上，我想到了《使女的故事》（*The Hand-maid's Tale*），是瑪格麗特・愛特伍（Margaret Atwood）寫的反烏托邦小說，被改編為同名電視劇。我只看了電視劇，在劇中，極端宗教勢力占領美國部分國土，成立了基列共和國，以武裝力量管控國家。在這個國家裡，每個人都有特定的職責，而有很多人必須被迫接受自己的職責。劇中的女性一開始是銀行卡被凍結，接著是女

員工被公司辭退，有生育能力的女性淪為使女，每月要和主教進行「受精儀式」，為主教的家庭生孩子，而孩子出生後便和使女無關。

從封城到封社區，我們的活動被控制得愈來愈緊，我們對世界的掌控感被一點點剝奪。

我下次出門的日期，是2月19日。

網友留言：

- 重慶這邊很多社區也是限制外出，幾天才可以出去1次。

- 相對於你們那邊，我這裡疫情比較輕，一切還算自由！願早日結束疫情，生活重回正常！

- 我的證跟妳的差不多，後來又換成了電子證件。雖然遠在東北，但我們還是緊緊相連的⋯⋯

2月17日
有一部分的世界消失了

要囤積多少食物才夠呢？

朋友問我家裡現在有多少米？我說10幾公斤。她說，這也就夠吃一個月而已，叫我再囤一些。我知道她說得對，可是我難以接受不斷囤東西的狀態，這感覺很變態。

她有點擔心地說：「可是要是沒有足夠食物的話，現在沒有任何人能幫妳。」

人一般在極端的狀況下才會囤積很多食物，而我一定程度上還在否認自己的處境。

有人覺得封鎖社區是為了控制疫情，可我更加覺得是控制人。

封城後出門的人本來就是少數，而且大家都會做防護措施，也盡量少去人口密集的地方。在這樣的情況下，病毒的傳染率是很低的，但我也不敢說毫無可能，

也沒有人敢打包票。我自己出門時，也還是會帶著些許擔憂。但是，這個被傳染的可能性，是否足以大到封鎖社區呢？因為封鎖社區會加深人們的恐慌和無力感。

社區封閉後，我通過出門了解周圍的情況找回的掌控感，再次被剝奪。

當然，還是有人覺得封社區是必要的，如果我不幸感染肺炎，這些人甚至可能會拍手稱快。

昨天的晚餐是高麗菜炒肉和稀飯。

那個掉了一個螺絲的炒鍋終於撐不住了，整個手把掉了下來。幸好，前房客留下了一個炒鍋，雖然比較容易把料炒糊。

晚上和朋友們聊天。有人在吃夫妻肺片，大家集體表示羨慕。有人酷愛吃辣，但現在她只能在夢裡吃麻辣燙了。有人開始在家上班，她說週一至週五要工作。

自封城以來，我沒有了「今天星期幾」的概念，只有「今天」和「明天」。

在湖北某縣城的朋友說，她那裡的戒嚴程度已經成了完全不能出門，還有親戚轉發了一段影片，影片裡的人連出門曬個衣服都會被抓走。網路上有河北、上海、湖北等多地打麻將的人被抓，有人被行政拘留，有人被罰款，有人寫了檢討自己的文章，還上了電視念自己寫的保證書。

有人說恒大房產發了特大優惠通知，2月18日至2月29日期間，全國各地買房可享75折優惠。這是很大的優惠，可是買不起的人依然買不起。

現在全國的高速公路免收費，可是現在有多少人還能開車上路呀？

有錢人買房子增值，一般人只能買米保命。

有些便宜，是普通人享受不到的。

晚上，我夢到自己的隱形眼鏡碎了，疫情期間也沒辦法配新的，也不是什麼大事，可是我在夢裡嚎啕大哭。

這副隱形眼鏡我戴了快半年，一開始特別磨眼，我

會時不時地流淚，現在終於習慣了。

今天早上7點多就醒了，醒來後我看著頭頂的天花板，突然發現天花板上的燈外殼上面貼了一隻喜羊羊。[1] 這是我之前沒有注意到的，因為平時我不會沒事躺在床上看天花板。我嚇了一跳，便趕快起了床。

封城後，我對周圍的環境多了一些留意，這是之前不會有的，之所以如此，是因為**有一部分世界消失了**。

我有很多情緒。憤怒、傷心、無力……但這些情緒一起轉化成了麻木。

封城那天我買了麵粉，想著有空可以煎蛋餅，可是直到今天我都沒有心情做。

買的番薯也只吃過一次而已，於是我在煮粥的時候，加了一個。

---

1 《喜羊羊與灰太狼》裡的主要角色，是隻聰慧、總是能識破大灰狼詭計的山羊。

今天太陽依舊很好，是亮得有點晃眼的那種。天空藍得很清澈。

可惜我住的房子朝北，曬不到太陽，於是吃完早飯我就下樓，到社區裡曬太陽去了。

我所在的社區有3棟大樓，我住的這棟有10層，其餘2棟只有7層。總共有200多戶居民住在這。現在無法出社區，只能在裡頭走，運動量非常有限，而我住7樓，就開始走樓梯上下樓。

社區很小，能曬到太陽的地方也很少，我只能在2棟樓的間隙裡，一個長50公尺的地方來回走。有個中年男人也在散步，他的手機放著戲曲，我則帶著耳機聽音樂。

自封城以來，我從不聽傷感的音樂。

我們終於都被指定監視居住了。指定監視一般是針對犯罪嫌疑人的，而現在很多人都在「享受」此待遇。

今天，社區平常給人出入的門也被藍色圍欄擋了起來。社區的群組裡有人發訊息，提醒大家注意：「不聽話亂竄人員，集中到體育館學習14天，伙食費每天50元自費。」

社區的群組裡開始發起各種團購，有買菜的、買肉的，團購要達到一定分量才能送。我昨天才加入社區的群組，裡頭偶爾會接龍買東西，[2] 一開始我是很抗拒的。封城前，我都在網路上買菜，而現在我則極度渴望可以自己去買菜。但今天，我終於還是接龍了群組裡的團購。

下午5點左右，我聽到有人敲門，緊張了一下，隔著門問：「誰呀？」

「社區的，不用開門。家裡幾個人？」
「1個。」

2　編注：類似網拍+1的模式，由團購發起人貼出欲團購的物品，群組裡的人跟在他的發文後面寫自己要買什麼、數量多少。

「體溫正常嗎？」

「正常。」

「門上貼了社區的電話，有事打電話。」

　　他們離開1個小時後，我開門，想把門上的紙撕下來，但紙黏得有點牢，我就拍了照。門上貼的是「新型冠狀肺炎入戶排查表」，上面寫著居家人員數量、健康狀況，留了社區的聯繫方式。

　　列印排查表的印表機應該出了問題，有些地方的字特別淺，但也看得出來內容。

　　我進屋之後洗了手。

網友留言：

• 其實最壞的結果武漢人早就已經想到了，只是不
  願意接受，而使勁往好的方面想。

• 感同身受！無處釋放的壓抑……

• 有可能您那邊是大城市的緣故，最近才開始封社
  區。我們這邊早就開始用通行證，每戶只能1個
  人進出，開放時間從早上6點到晚上8點。

2月18日

沒有選擇的選擇

這幾天,我有一種在沼澤地掙扎前行還被從背後捅刀的感覺。

我以為封城已經很糟了,可是接下來還有封社區,從3天出1次門變成不能出門。

我沒有反對這些措施的權利,而這些措施是否必要也不重要,只要疫情會過去,它們就可以是有利措施。

人們現在不得不被集體化,個人消失了。

今天早上社區群組裡發布了一個檔案,是《關於社區封閉管理期間的居民基本生活物資保障措施》,裡面寫到營業商超只接受團購業務。這些團購業務都要達到一定分量才能送,一般都要30份。我所在的社區群組成員昨天只有70多人,有人擔心人太少會無法成團。

團購只能顧及大家的一般性需求,沒法考慮到每個

人的特殊需求。有人在社區群組裡發了個蔬菜配送的消息，有2個套餐：

〔A套餐〕50元。冬瓜、芹菜、娃娃菜、茼蒿、馬鈴薯，共5種生鮮蔬菜，重量約13斤。

〔B套餐〕88元。豌豆、玉米、胡蘿蔔、紅薯、茄子、青杭椒，共6種生鮮蔬菜，重量約13斤。

這是強制配的套餐，沒辦法顧及所有人的喜好。

A套餐裡我會不想要娃娃菜，B套餐裡我又不喜歡豌豆。而且，這樣子看似有2個選擇，但其實是沒有得選，別人選什麼，我就要跟著選什麼。套餐裡也沒有調味料。我是一個無辣不歡的人，幸虧自己囤了幾瓶辣醬，不然吃飯就會很痛苦。

除了食物，人們還有很多日常需求，可能有人家裡沒有牙膏了，可能有人要買衛生紙。

之前就有人問過我有沒有加入社區的群組，有的社區會幫忙買東西。我當時回覆說需要幫助的人很多，我

還可以照顧自己。可是，現在我被迫需要幫助。

昨晚的晚餐是萵筍炒肉和稀飯。

這兩天我的手開始長紅疹了。過去我洗碗從未戴過手套，但昨天開始戴上了。

晚飯後，我接受了一個特別的採訪，採訪我的人是朋友的女兒。

朋友打了微信語音給我，她女兒一本正經地介紹了自己：「我是小記者黃某某，我在做有關新型冠狀病毒的採訪。」我一聽也趕快認真起來，說：「我是郭晶，現在在武漢。」她嚴肅地說：「那妳很符合我的採訪要求。」接著，她問我：「妳怎麼看待新型冠狀病毒？」我有點愣住了，這讓我從何答起呢？我只能如實說：「這個問題有點大。具體一點講，它是看不見的病毒，是有傳染性的。」她還問了病毒對我生活的影響，我也回問了她。她說：「我都不想出門了，有次和爸媽出去玩，回家後口罩裡都是水。」

結束採訪後，我和朋友視訊，小記者很熱情地給我

介紹她畫給姊夫的頭盔、她和爸爸的和解證書。她現在開始在線上上課了。

如此有能量的小孩被關在家裡，也是難為她了。

有很多人不能出門，要是家裡也沒有活動空間，那該多慘呀。

晚上和朋友們聊天。有人去算了命，她是白手起家命，2020年和2021年很倒楣，2022年會轉運。我說，這也太忽悠了，**所有人2020年都很倒楣**。

有人說現在最想吃火鍋，然後是唱卡拉OK。

好消息是，有個朋友所在的縣城發了公告說縣城管控要降級了，縣城內部可能會放鬆管控，允許人們正常出門。

我們聊了出軌。有人沒有魄力分手，要找到下一段關係才更有安全感，開始脫離上一段關係。大家分手的時候會有各種考慮，有人是因為在北京一個人生活成本太高。

出軌的內疚感跟關係出現何種問題有關，只是彼此

不合適產生的內疚感可能會強一些，如果是因為關係中的另外一方會控制自己，經常出現難以調和的爭吵，內疚感就會少一些。

有人曾在維持一段關係的時候約炮過。她在約炮的時候會擔心被搶劫、遭受暴力對待。

戀愛或婚姻關係中的出軌被人們認為是極其嚴重的違約，但女人出軌則更加的不道德，會遭受更加嚴酷的社會攻擊。

我們談到甘肅女護士被剃光頭。

合照的照片中唯一的一個男性是短髮，很多女性在被剃頭的時候則極不情願，甚至有人還哭了。

頭髮關乎的不只是外貌，而是尊嚴。

剃頭是否必要？是否經過同意？女性的身體從未真正屬於自己，總是有人比女人自己更有權力處置女人的身體。

有朋友說她中學時在學校被強迫剪了短髮，回家很傷心地哭。

去年，貴州一所初中的男老師提了一桶水，讓女生

排隊，卸她們臉上的妝。

化妝品公司為了鼓勵女性消費，也在鼓勵女人化妝。化妝變成成熟女人的一個標誌。

有人發了一則小道消息：「明天開始進入嚴打（嚴屬打擊）階段，嚴打期間所有超市、藥局、外賣平臺全部停止，之前的車輛通行證也全部作廢了，所有人除執勤人員外嚴禁上街，我們可能也沒辦法給大家送菜送藥了。」如今，小道消息成為人們獲取資訊的重要來源。

傳播小道消息是人們在封鎖中的互助行為。很多團購都是在手機上操作，但如果有些老人家沒用智慧型手機，該怎麼辦呢？

我講到一種特殊的內疚感，那是活著的內疚感。

我們現在之所以能夠活著，一定程度上是別人的犧牲換來的。

現在全國封路封村，很多行業都受到影響，從事蜜蜂養殖的人要根據季節找有花源的地方，現在卻不能轉

移場地。

2月13日，困在雲南的四川蜂農劉德成自殺。因為雲南花期已過，他的蜜蜂農藥中毒而死。

2月15日，中國養蜂學會發了一則公告，裡面提到要確保「轉場蜜蜂」的運輸通暢。

這是我第一次離大規模的不公正死亡那麼近，太慘烈了，而我卻有幸還活著。

我必須要更努力地活著才行。

晚上，我夢到有個鄰居的女孩第一次來月經，她不知所措，緊張地哭了。

我靠近她，發現她身上還貼著用過的衛生棉，我把它們一一撕下來，陪她一起去了廁所。

今天陽光依舊燦爛，吃完早飯，我下樓曬太陽。

走樓梯時，到5樓的時候我聽到有隻狗在汪汪汪地叫個不停，卻也不見狗出來，我便停下來等了一會，聽見有人把狗拉了回去。

狗大概也不甘寂寞吧。

樓下的地上擺著幾包愛心高麗菜，大家都可以領。

物業工作人員問我家裡幾個人，我說：「1個。」
她想了一下，說：「那給妳2個小的吧。」物業的人偶
爾喊句：「下樓領菜！」有人在樓上問：「是昨天訂的
菜嗎？」有人說：「屋裡還有菜呢。」

樓下還挺熱鬧，社區院子裡約10個人，偶爾三兩
成群地聊天。

昨天那個男人依舊在放著戲曲。

有人打開院子裡的車，車裡放著范瑋琪和張韶涵的
〈如果的事〉，節奏很歡快，像是在悠閒地度假；有人
在圍牆邊曬太陽；有人摘下口罩抽菸。

在院子裡的大都是男人，管裡公司有個工作人員是
個中年婦女，偶爾也有女人下樓拿菜或丟垃圾。

有人在樓外曬床單、枕頭。

昨天的團購沒收到，社區的人在群組裡問前一天的拼團有沒有成功？

　　有人發了新的團購商品。有人問：「能不能買魚和肉？」有人問：「為什麼沒有米和油？」有人問物業公司的工作人員能不能幫忙買文具，家裡的孩子們要用。提要求的人還得說「謝謝」。物業公司的人是大家和外界的聯繫管道，我們要靠他們買東西。這個「謝謝」的義務也成了被迫的。

　　下午，社區的群組裡有1棟的住戶說家裡排水孔裡的水往上冒了，物業公司的人便叫1棟西南邊的住戶暫時不要在廚房用水，要用水的話一律用廁所裡的水。有2棟的住戶說他們的廁所一直有臭味飄出來。

　　回到家，望著窗外的陽光，我忽然想到明天可以帶本書下樓曬太陽的時候看。

　　這個想法在腦子裡浮現的時候，我在心裡偷偷地讚賞了一下自己。

網友留言：

- 起紅疹是不是因為洗手乳的成分？如果能網購到植物性的也許會好得快些。畢竟，洗手的過程是靠溫水沖走細菌，應該不需要每次都用強力清潔劑。

- 我在縣城枝江，和妳一樣不能出門，買東西要靠社區門口的社區人員代買。

- 很多社區封了，又不給大家解決買菜和日用品的途徑。很多人盤算著家裡還有多少米、多少衛生紙、多少菜。很難想像，第二大經濟體，卻有那麼多人在和妳同一片土地上挨餓。

- 第一次感受到活著的內疚感。

2月19日

行動創造希望

　　儘管我們的處境極其被動，人們依舊在其中尋找主動性。

　　有一天，我看到一個採訪，在一線救治病人的醫生說：「總想能再做點什麼。」這十分令人感動。不止醫護人員這麼想，很多志工也在這麼做。

　　肺炎感染病人和疑似患病的人會在網上求助，有一些志願團體便收集這些求助資訊、聯繫當事人，確認他們的需求；有志願醫生幫病人看CT，協助判斷病人的病情；有人協助聯繫社區和醫院，也有人關注慢性病人的求醫需求。有人關注醫護人員的就餐問題；有人關注到女性醫護人員的需要；有人關注清潔員的工作狀況，也有人組成志願車隊……封鎖也給這些志願工作帶來了阻礙，但大家並沒有輕易放棄。

　　救援物資曾被紅十字會攔下來，他們就想別的辦法，儘管不確定能不能成功，他們都盡力去做。

人們不是因為有希望而行動，而是在用行動創造希望。

封城以來，儘管我們的掌控感不斷被剝奪，但我並沒有活不下去的絕望。

人們在逆境中的抗爭也給了我力量。大家不是完全的被動。在我們的社區群組裡，業主會發一些團購資訊，要是物業公司的人說不知道如何團購，就有人會打電話問清楚，讓物業公司的人和業主加一個群，不用跟社區直接對口。也有人在群組裡發起團購接龍，直接把統計好的需求發給超市。

昨晚的晚餐是香菇炒肉和稀飯。

晚飯後和朋友們聊天。大家說現在好消息很珍貴，就紛紛講了自己的好消息。有人在家裡拍了家庭合照，有人寫了文章，有人開始做拖延了很久的工作，有人看了攝影的書。

有人講到一個朋友的攝影作品獲獎，拿到了15

萬。大家紛紛表示恭喜。這個得獎的人從大學期間就很勤奮，積極地向別人學習經驗，也做了很多實踐。大部分人都並沒有所謂的天賦，也沒有雄厚的家庭背景。這些人的成功，必須要靠努力。

我們聊到整齊劃一的美學。有人說自己的老師曾稱讚大家穿一樣的衣服做廣播體操很美，還有很多人中學時期必須穿校服。有人自己改衣服，有人為了穿著更舒服而把衣服扯得更寬鬆，有人則試圖把校服改得更符合自己的審美。有人說校服的品質很差，穿了之後身體出紅疹，她媽媽就到學校找校長理論，但校長並沒有為此改善校服的品質，她媽媽後來便自己買了類似的布料給她做了校服。媽媽的行為對她來說是很好的借鑒，她現在看到不公的事也會據理力爭。

大家於是說到敢於爭取的品質很珍貴。有人說自己的媽媽曾在醫院裡吊點滴，按照醫生開的處方箋，明明只剩2瓶點滴要打，護士卻說還有3瓶。她媽媽問護士那3瓶點滴各是什麼，要和處方箋核對一下，護士便支支吾吾地，明顯是打錯了藥，但朋友的爸爸卻因為怕事，勸阻妻子不要跟護士爭論。

有人發了一篇微信文章，解釋說4千億蝗蟲已飛到中國的資訊是假的，[3] 根本就沒有那4千億隻。[4] 文章裡寫道，最先爆出這消息的是一個微信公眾號。這些資訊後來被各大主流媒體報導，如《中國新聞網》、《澎湃新聞》。當然，印度2019年6月確實有蝗災，只是蝗蟲的數量沒有4千億那麼多，而且現在災害已經幾乎平息了。有人在評論區裡留言，說很多農藥股價漲了。這篇微信文章不知道是不是商業陰謀，而誰能料到主流媒體會沒有核實資訊來源和真實性就做了報導。這子虛烏有的4千億蝗蟲的「消失」竟然也算一個好消息。

　　早上起來發現是陰天，也就不想下樓了。

樓下有2個遛狗的人，有隻狗突然開始不停地叫，主人便拉著牠上了樓。

　　自從拖把的擠水手把的位置掉了一個螺絲後，我就沒有拖地了。要想辦法固定一下手把才行。於是，我找了一捆黑色膠帶，固定住手把兩邊的杆子，然後在掉了螺絲的那一側用細線纏繞了很多圈，成品還算牢固。

　　11點的時候，物業公司的人在社區群組裡請大家去領團購的肉。我這才下了樓。

　　外面有了陽光，只是稍微有些微弱。我拿了本書下去。畢竟陽光現在是生活中少有的美好，希望可以多曬一會太陽。

　　物業公司門口有5、6個人在閒聊。有工作人員在辦公室核對資訊和繳錢。我下去的時候只有3個人來領，即便如此，我們也要排隊一個個進辦公室。

　　我看到有人開車出門，就問了物業公司的工作人員什麼人可以出門？他說：「一般都不能出，要有工作證明才行，一般是城管、公安、醫生、護士。」

我領了肉之後，在一臺車旁邊曬太陽。

車底有隻貓在小心翼翼地窺探世界，我蹲下來拍照，牠就跑了。

這幾天都有風，今天的陽光比較弱，風吹在身上有點涼。

陽光一會就沒了，我於是闔了書上樓去。

中午吃完飯，我開始處理肉。

我團購的肉套餐如下：前腿2斤，後腿2斤，五花肉2斤，排骨3斤。

除了排骨之外，我還要把這些肉分成一小塊一小塊的，如此一來就可以每頓飯用一塊，比較方便。

我從未處理過這麼多肉。

肉又油又滑，本身就很難切。我家裡的刀有點鈍，中間還有個缺口，切肉的難度因此大增。

我不喜歡吃肥肉，便在切肉的時候努力把瘦肉和肥肉分開；肥肉打算用來熬油，瘦肉就炒菜吃。

我差不多努力了半個小時才大功告成，都出汗了。

切肉也是體力活。我愈切愈累，還有點反胃。最後，我
終於把這些肉分成了35份，排骨也分成了7份。

今晚，我應該吃不下肉了。

第八章

走不出去的封閉生活

2月20日

解封的條件

封鎖早在封城之前就開始了。

昨晚，騰訊大家的微信公眾號註銷了，最後一篇文章是〈武漢肺炎50天，全體中國人都在承受媒體死亡的代價〉，文章講了新聞媒體難以起到向公眾傳達資訊的作用，主要功能範圍是「安慰」、「鼓勁」、「感動」。

當然，還是有媒體做了打破封鎖的報導。這幾年，自媒體帳號被封已是常事，與刪帖封號鬥智鬥勇也是日常。我們無法得知審查的標準，只能靠猜測。大家在發文章的時候不得不把關鍵字替代成別的詞，有時候不得不把文字轉成圖片，有時候只要發某個主題，帳號就會被刪或被封。

人們從未輕言放棄，而是在不斷積蓄能量。

2018年，羅茜茜實名舉報北航陳小武性騷擾，#Metoo運動拉開序幕。超過70所高校的9,000餘名學生，聯名呼籲母校建立防治性騷擾機制。在這樣的背景下，自然避免不了相關發文被刪帖，甚至封號。為了回避關鍵字，大家把「性骚扰」改成繁體字的「性騷擾」，把「Metoo」音譯成「米兔」，「我也是」變成「俺也一樣」、「鵝也是」、「我都系」。

　　這次疫情期間，李文亮成了關鍵字，很多文章被刪、帳號被封，可是人們並沒有停止發聲。

　　昨天的晚餐是清炒紅菜苔和稀飯。
　　晚上和朋友們聊天。有人白天去公園，要看身分證才能進入。朋友表示不解。有人說，可能是為了在有人確診後追蹤其蹤跡，可是這個人自己也可以彙報呀。有人說，可能只是為了資訊管控。有人說，可能只是因為他們可以。
　　有人去藥局買口罩，1個要13元。藥局倒也很誠實，寫了「很貴，謹慎購買」的提示。朋友猜想，口罩

的價格可能在藥局批貨時就很高，如果舉報，藥局可能就不會賣口罩了，人們也會沒處可買。

有人白天去村裡出入口的關卡值班，想要進出的人還挺多，有看病的、買藥的、串門的，還有要去挖草藥的。村長特別認真，擔心別村或縣城不認可他們的出入證，還在出入證上蓋了2個章，村委的章和黨章。結果，別村的出入證上只有村長簽字的證明而已。

朋友說：「有一些進出管制出入口的人沒有證明，對於這些人，負責管制點的人會根據實際情況選擇要不要放行，具體要放什麼人出入也沒有一定的規範。態度很重要，要出入的人不能太蠻橫，也不能太好欺負。」

有時候，一些規定沒有清晰的標準，則要靠人治。然而人治會失去規則的約束，欺軟怕硬的事情於是更容易發生。弱勢群體在「求」人辦事時，很難把握該有什麼樣的態度。

有人說到在家做了焦糖奶茶，大家紛紛表示羨慕。另個朋友來了興致，給大家示範了她的自製奶茶：先在鐵勺裡放了白糖，加入少許水，再把鐵勺放到爐子上用

小火燒。大家隔著螢幕看著白糖慢慢變成焦糖，都在尖叫。然後，朋友拿了個小鍋煮牛奶，直接把裝著焦糖的鐵勺放進去攪拌。盛出來後再加入紅茶，焦糖奶茶就完成了。有個很愛吃甜食的朋友說：「我打開了淘寶，把購物車加滿，看著解饞。」

朋友社區附近有人跳樓，但也有人說那人是曬衣服失足掉下樓的。

大家講到舞蹈，有人覺得自己肢體不協調，在一個偶然的機會下接觸了現代舞，比較自由，就開始跳現代舞了。後來她報名去上現代舞課程，但一個老師在她跳舞的時候誇張地模仿她的動作，旁邊的人都在笑，她就再沒有去過那間舞蹈教室了。

今天陽光很好。看著窗外的馬路，我想到前些天在空曠的馬路上嘗試單手騎自行車，感覺竟是那麼遙遠的日子了。

我是到了大學才開始學騎自行車的，曾經租自行車

和室友去郊外玩。這兩年有了共享單車後，我才開始在城市裡騎自行車，每次在車輛多的地方騎車，還是會很緊張。

社區每天都有清潔員打掃，那個放戲曲的男人也天天都下樓散步。

我吃完早飯，下樓曬了會太陽。

有人沒戴口罩。有人出來遛狗，小狗四處張望，想要掙脫鏈子，主人不停地說：「乖，曬太陽。」後來，他終於忍不住把狗鏈解開，讓小狗在院子裡跑。院子裡還有2隻貓，牠們在叫喚著彼此。

有輛計程車開了進來，停在物業辦公室門口。物業的人從車上搬下20箱愛心蘋果，然後在群組裡通知大家到辦公室領蘋果，每戶可領3個。我一個人算一戶，倒是占了便宜。不過，也有人拿的蘋果不止3個。

社區群組裡的人增加到了120幾個。這幾天群裡有5、6個團購，目前只有肉和蛋昨天送到了。有好幾個人在群組裡問：「大前天訂的50元一份的菜訂成功沒有？」物業的人昨天回覆說：「社區告訴我沒有蔬菜

搬蘋果的人。

團購。」今天又說：「蔬菜套餐今天7點鐘左右到，請注意看通知。」有人問：「7點左右到的套餐是哪一種呀？太多了，都糊塗了。」

有人問：「有沒有需要團購雞蛋的？」沒有人回應。有人問物業的工作人員：「能不能聯繫米和麵的團購？」

今天發起的團購是20元的白菜苔，我家裡還有青菜，就沒有加入。

2棟有個住戶說，家裡廚房的水管還是會湧出水來，物業的工作人員說：「公共部分的汙水管道已經疏通了，社區目前只管這個，家裡的要靠自己疏通一下。」另外一個住戶說家裡有通水管的清潔劑，可以放在物業辦公室，2棟的住戶如果需要，可以去拿。

1棟有住戶反映：「305房間外的平臺積了很多水，都可以養魚了，是不是排水管堵了？」物業表示305號房沒有人住。1棟5樓的住戶說：「樓上不要再用水，我家淹水了，倒水都來不及。」

有住戶在群裡發了一則武漢「解封」條件的資訊：

每日新增感染人數（包括疑似感染人數）持續14天為0是必要條件。

具體如下：

1. 武漢市其他人群（即非隔離非救治的健康人群）每日新增感染人數（包括疑似感染人數）為0，且此資料連續出現14天。在第15天開始，準備武漢三鎮分區域「解封」。

2. 在條件1滿足後，自第15天始，武漢市不「解封」，武漢三鎮分區「解封」，各自恢復區域內部的生產生活學習，但是三鎮之間人員不交流，交通不連接。如果在武漢三鎮分區域「解封」時期，武漢市其他人群每日新增感染人數為0，且此資料連續出現14天，則自第15天開始，準備武漢市內部全部「解封」。

3. 在1與2條件滿足後，自第29天開始，武漢市內部全部「解封」，市內交通完全恢復，人員自由流動，市內生產生活學習等工作完全運轉起來。如果在武漢市

內部全部「解封」時期，武漢市其他人群每日新增感染人數為0，且此資料連續出現14天，則自第15天開始，準備武漢市外部「解封」。

4. 在1與2與3條件滿足後，自第43天開始，武漢市恢復對全省全國的交通連接，武漢市內部人員與全省全國人員自由流動。

看來，社區至少還要封鎖半個月。

網友留言：

- 看新聞像在看燒腦劇一樣……

- 好想吃豌豆……想吃豌豆炒竹筍加豆腐乾。不知道該鼓起勇氣冒險去超市，還是在附近唯一開門的商店兼菜攤將就買點菜好。

- 很揪心。

2月21日
生活被壓縮成一個群組

我們和過去的關係是什麼？

昨天寫完日記，我停下來休息，突然有種難以名狀的悲傷。當有人問我現在的狀態，我總是說：「就這樣的處境中而言，我還算比較好。」而我試圖回想封城以來的經歷，卻發現就連昨天都很遙遠。

有時候我在講這段時間的經歷和變化時，沒有絲毫情緒，像是那些事情與我無關。這是一種試圖逃離、回避的機制，可以暫時起到保護作用。可是，我們無法通過遺忘、逃避的方式來治癒自己。

很慶幸我通過寫日記記下了這段時間的感受。

我要嘗試面對一切。講出自己的感受是第一步，然後再試著理解自己在封鎖中的經歷以及那些強烈的感情。

封鎖還帶來了集體的傷害和創傷，政府必須面對這

一點。

在這場疫情中，一些人遭受了不公正的死亡，一些病人因為封鎖沒有得到應有的救治，一些公司因為不能復工面臨破產。

疫情過後，政府該給予一些人經濟補償，也要銘記這段封鎖。只有真正地問責和改變，才是負責任的表現。

昨天的晚餐是紅燒雞翅和稀飯。

吃飯的時候，物業工作人員通知住戶下去領蔬菜套餐。我戴了口罩，也沒換衣服，穿著棉拖鞋就下樓了。

在接龍團購的時候，蔬菜是有2個套餐的，領菜的時候大家卻被告知只有一種套餐。送來的這個套餐不是我選的那個，但我也沒爭論，領了就上樓。50元套餐裡，有冬瓜、香芹、茼蒿、生菜、馬鈴薯，其中茼蒿和生菜特別多。我有點無奈，因為青菜不宜存放，很容易造成浪費。

有個住戶和我一起上樓，進了電梯，她就拿出一個小瓶子，把電梯按鈕噴了一遍才按。我回到房間後摘下

團購的菜。

口罩，洗了手便繼續吃飯。

　　晚上和朋友們聊天。我們講到女性的犧牲。

　　女人的痛苦往往不被重視。當女人要為家庭和孩子犧牲的時候，更被當作理所當然。女性不被鼓勵在生產的時候打麻藥、使用無痛分娩，女人甚至自己都做不了這個決定，丈夫或父母會勸阻她，他們的常見理由是因為打麻藥對嬰兒不好，也有人說是因為既然別的女人都能忍過去，那麼妳沒理由不行。

　　有人提到花木蘭式困境，是指女性在職場要跟男性一樣工作、去競爭、要有事業上的成就，回到家卻還要做賢妻良母。然而，女性在職場中很難獲得平等的機會，在家庭中的付出則得不到實際認可。

　　我們聊到甘肅的護士被剪髮。講到頭髮為什麼對女人那麼重要，剪指甲就不會讓女人有那麼強烈的情緒呢？

　　有曾經為了抗議高校錄取分數的性別不平等而剃光頭的朋友，分享了自己的經驗。在父權社會中，外貌是社會關係的一部分，女人剃光頭會被當作另類，去面試

很難有公司會錄取，在社會中也會被孤立。我們很少在正式的場合看到光頭的女人。另外，頭髮也有保溫的效果，光頭容易感冒，頭髮長出來的過程也會有不適。所以，我們在講解構的時候，必須也要考慮到現實的規則帶給女性的障礙。

有個朋友說鄰居每天都在打罵小孩。她給鄰居寫了一封信，寫道：

請您以後不要再打小孩，友好溝通。否則，知情者有責任報警阻止您實施家庭暴力，因為家庭暴力是違法行為。《中華人民共和國反家庭暴力法》第三十三條規定：加害人實施家庭暴力，構成違反治安管理行為的，依法給予治安管理處罰；構成犯罪的，依法追究刑事責任。教育子女不易，但請堅持平等、尊重、合法的方式。如果受到或聽到家暴，可撥打110或12338求助！祝您家庭和睦，健康平安！

她把信塞進了鄰居家的門縫。

聊天的時候，廁所門的門軸突然壞了，門掉了一半。我哭笑不得，只能讓它一直保持開著的狀態。

晚上做了個夢，夢裡我也被困在一個房間裡。
門外有人在吵架，我什麼也不能做。

今天天氣很陰暗，昨晚應該下了雨，地面是濕的。
早上8點鐘起來，我被疲憊感襲擊，整個人都沒有力氣。
那個放著戲曲的男人在樓下散步。
我依然保持日常的節奏，運動、吃早飯，然後勉強做了一些工作。

武漢的生活被縮小到一個微信群組裡。
物業的工作人員發了一個20斤米的團購，說：「非常時期我們自治組的同志們非常辛苦，米就訂這一次，望大家備足糧食（初步隔離到3月10日）。」大家紛紛加入了團購。

有人在別的群組裡看到水果的團購，發過來問：
「有人要買水果嗎？」然後在群組裡張羅拼團買水果，
要達到30份才能送，但一起買的人不是很多，發起團
購的人很著急，說：「**不吃，怎麼耗時間？**」有人問：
「有沒有芝麻醬團購啊？」沒人回應他。

1棟的幾個住戶上午去物業辦公室商量水管湧水的
問題。

下午，終於有了好消息，原來是3樓轉角處的管線
堵住了，便暫時把管子開了個口。家裡淹了水的住戶終
於可以緩口氣了。

午飯後，我睡了個覺，沒想到一下睡了2個小時，
起來後頭昏昏沉沉的。

物業在群組裡通知大家下去領米和免費的大白菜。

我下樓領了菜，之後坐下來寫日記，可是頭昏得沒
法思考，在房間裡來回走了會，才慢慢清醒了一些。

網友留言：

- 看來，菜不是普通的貴。理論上15元應該能買下那些菜才對。

- 雖然現在「一片大好」，但我還是相信湖北人民和武漢人民……你們才是真真切切的……

- 陰霾總會過去的，要堅強，陽光一直在啊！

2月22日
一切都要團購

生活在武漢的人現在必須依靠團購。

一開始規定只能通過社區團購，可是人們的生活太苦悶了，無法只滿足於團購生存所需的食物，也不滿一些不合理的團購搭配。大家於是紛紛自己發起了團購，在別的社區裡看到團購的資訊，就轉到自己的社區內。

總有人會有門路。我的社區裡有個人一開始組織大家團購水果，今天又像是變戲法一樣，不知在哪裡搶了6袋鹽、6瓶醋、6箱優酪乳、還弄到了很多雞蛋，問有沒有人要？鹽1袋4元，醋1瓶7元，優酪乳1箱50元，雞蛋25個30元。

朋友發了一段影片給我，影片裡有個居民在社區群組裡指責社區的毫無作為和超市的趁火打劫。

她指出，社區居民很多時候都是在自救，酒精和口罩是業主委員會想辦法買的，物業的消毒物資是業主捐

的。有人說：「社區人手有限。」她反問社區的人究竟做了什麼？社區現在直接接手業委會的工作，卻只是發了一個接龍團購消息而已。她還說：「超市的團購套餐不像話，買個米還要配衛生紙和醬油。」

昨天的晚飯是芹菜炒肉和稀飯。

晚上和朋友們聊天。有人白天跳了舞，有人在工作，有人在幫忙家人照顧小孩，有人看了電影。有人所在的縣城撤了管制點，縣城內的人可以自由往來了。

我們聊到多地監獄出現確診病例，而且武漢女子監獄確診230例、山東任城監獄確診207例。要到感染人數已經相當多了，我們才能從媒體上看到這些資訊。

監獄裡的病人是否能夠得到救治呢？

監獄人口流動已經比較小了，那看守所的情況怎麼樣呢？

還有很多人口密集的地方，像養老院、福利院，這些地方的防控措施又如何呢？

聊天的時候，有個朋友突然跟我說：「妳今天咳嗽得有點多。」我竟然沒有注意到，這說明我的疑病沒有那麼嚴重啦，沒有時刻在擔心自己是否有生病的症狀。但其實，疑病一直伴隨著我，偶爾咳嗽得多，我就泡一片維他命C發泡錠喝，當作安慰劑。

早上8點鐘醒來，睡眼惺忪地打開窗戶，外面煙霧繚繞。

剛好早上有人在社區群組裡發了武漢有些地方發生火災的影片，我因此在見到窗外霧濛濛時嚇了一跳。後來戴上眼鏡，確定只是霧而已。

約莫10點多，陽光把霧驅散了，我下樓曬太陽。

有人戴了2個口罩，可能因為昨天有人在群組裡發消息說別的社區出現一例疑似病例。有人看到這則消息後，說：「團購團得不亦樂乎，像過節一樣，快遞收得超級嗨，現在好了，前段時間的封閉全白費了！」也不知道這個疑似的病例到底是不是因為團購傳染的，但團

購就這樣背上了黑鍋。

　　我的社區物業工作人員在群組裡發消息：「建議大家，如果有基本的物質保障，就不要找個人再團這團那，疫情期間保命要緊。多下一次樓，多一分風險！忍一下很快會過去，如果因為接觸的人雜亂，那整個社區，甚至武漢，都要付出更大的代價！」可是，很多人團購是因為不確定封鎖什麼時候會過去，想要自己現在的生活好一些。

　　在這個社區，我是個外來者，不認識其他住戶。

　　很多住戶是本地人，他們說武漢話，有人在閒聊，我想偷聽都偷聽不了。

　　有輛車從外面開了回來，開車的人看起來是社區的住戶，不知道他們為什麼能出入。住戶從後車廂裡拿出2、3個袋子，袋子裡裝的主要是零食，有瓜子、銅鑼燒等。

　　社區今天的團購是麵粉和熱乾麵，鑒於家裡的麵粉我還沒用，就沒買新的。有人則很高興地把自己的熱乾

外出購物回來的人。

麵加蛋酒曬出來給大家看。

社區群組裡開始團購芝麻醬，有10多個人都加入了。看來武漢人真的酷愛芝麻醬。

今天，有個家庭一家三口下樓曬太陽。男孩大概10歲左右，拿了跳繩，在院子裡跳，不一會，媽媽也跟他一起跳了。男孩跳了一會，說「太熱了」，就脫了外套。跳累了，他就跟媽媽一起玩遊戲，先是玩拍手，後來又玩對拐，[1] 十分歡樂。爸爸一直在旁邊站著看，在母子玩對拐的時候當起了裁判，對男孩說：「你怎麼可以用手呢？」

我在一旁看著也不由得樂了起來。

後來他們玩累了，去物業領了團購物品拿回家，我也就上樓了。

1　編注：左手托住右腳踝，右手撐住右大腿，以金雞獨立姿勢互相推撞的遊戲。

跳繩的孩子。

網友留言：

- 我在山東，社區裡幾乎見不到人，也沒有孩子在外玩耍，沒人曬太陽，都在家憋著。

- 妳還能下樓曬太陽啊？我在湖北宜昌，居民不能下樓、出社區。我們都遵守得很好。注意唷，有無症狀但攜帶病毒的人，小心交叉感染。

- 我在杭州，由溫州來杭。14天隔離期間請人來修門鎖，由於鎖匠間接接觸了鑰匙，樓道的監控人員立刻拉警報，師傅人都還沒到家，員警就直接上門把他隔離了。

- 看地方啦！我家連團購的門都沒摸到，現在封社區了，家裡連米都沒了。今天苦求物業才幫著買了1袋米，靠醬油炒飯應該可以再堅持幾天。

- 我在新疆克拉瑪依。0確診城市。 從1月27日落地居家隔離，至今已28天。

2月23日
找麻煩的人

提要求的人容易被當作找麻煩的人，即便提的是合理要求也是如此。

社區每戶的情況不一樣。前幾天早上報體溫的時候，我看到有的家庭有5、6個人。封社區1週了，有些住戶家裡的菜應該吃得差不多了。

昨天有人在群組裡問：「物業現在不組織團購了嗎？需要自己叫跑腿買菜嗎？」

物業的人反問道：「我們自治辦公室才組織了團購肉、蛋、青菜，昨天又發了大白菜，你都吃完了嗎？」接著就有好幾個人說：「現在物業只能保持正常生活採購！我覺得物業管理非常好！」提要求的人瞬間成了找茬的人，她很無奈地說：「沒人說物業不好，中國文化博大精深，不要曲解了意思。」

後來又有支持物業的人說：「自治每次組織的團

購，如果大家都參與了，最近半個月生活基礎保障應該沒有問題。」還有人指出團購的風險，有人則反駁說：「難道參加物業團購就不會感染嗎？」一開始提問的住戶又說道：「我是18號加入群組的，群組裡組織的團購我都參加了，一直在等收貨，但一直沒有消息。大家都沒有惡意，只是每個人所處的位置不同、角度不同，想法有些偏差很正常。」

那個提問的人只是講出自己的正常需求，莫名地有人維護物業，就產生了衝突。這個時候我也沒那麼勇敢，我不敢輕易和別人起衝突，因為在封鎖期間只能依靠這個群組，依賴物業的人組織團購。

我想到了斯德哥爾摩症候群，當受害者的生死完全由加害者控制，受害者沒有任何逃脫的機會，就會依賴加害者，並對加害者的小恩小惠表示感激，甚至為加害者辯護。

這是一種無權者面對強權時，為了生存而產生的反應機制。

我並非說某個物業的人是「加害者」，可是在此刻

的封鎖中，物業、社區被賦予了極大的權力，而這個權力可以掌控人們的生存。

昨天的晚餐是香菇炒肉和稀飯。

晚上和朋友們聊天。有人在封鎖後第一次去了超市，買了零食；有人出去玩，被量了很多次體溫，吃了海鮮和牛肉火鍋。

我們聊到疫情中發生的一些悲劇。

武漢新洲區汪集街童窩灣因為疫情要封路，有個姓童人的車被用來攔路，2月20日，隊長要送人外出，就到這個人家裡請他把車挪走，卻被拒絕。隊長於是和姓童的吵了起來，對方的妻子和女兒出來勸架，結果隊長後來拿了把刀刺了這一家人，三人均死亡。新洲市公安分局通報的案由是鄰里口角糾紛。

疫情期間，對肺炎的恐懼、被迫關在家裡的焦慮、對未來充滿不確定的絕望，這些情緒如果不能得到紓解，發生暴力事件是必然的。

有對夫妻將剛出生的嬰兒留在了汕頭市澄海區人民華僑醫院。他們留下的紙條上寫說：生孩子已把僅有的積蓄用光，如今肺炎過於嚴重毫無收入，希望醫院或派出所把孩子送到福利院，他們去找工作，如若生存下來，一個月內一定前往福利院領回孩子，到時也會給福利院撫養費。

　　有人竟然評論說：「生之前沒有考慮過能不能好好養大他嗎？」可是，窮人也有生孩子的權利，沒有人比別人更有資格生孩子。

　　我們究竟該如何預防更多的悲劇發生呢？
　　政府需要評估防控措施，盡量考慮到不同人的情況，也要考慮到封鎖給人帶來的情緒影響。

　　我們也聊到最近朋友圈廣傳的「人生必做的100件事」，諸如「擁有自己的房子」、「去中國各省市打卡」。這個列表讓人不適，它是社會評價體系的具體表現，暗含著社會比較。已做事項愈多的人，會有一種優

越感。

可是，裡面的一些事情有些人注定無法做到，而且他們做不到不是由於個人因素，而是缺乏社會資源。

人生沒有多少必做的事情，盡力而為就好。

有個網友在封鎖之初就說：「到今天，靠你的智商、人脈、財力，搞到、買到口罩了沒有？如果沒搞到的話，就不要想什麼特效藥了。」

昨天，社區群組裡很多人在發別的社區出現新增病例的情況。

現在不能出社區，所以少有的和他人接觸的機會就是去拿團購食物的時候，於是大家都緊張了起來。組織大家買水果的住戶更是擔心，她叮囑要去拿水果的住戶把口罩、手套、消毒水等都帶好，她怕出事。

大家還商量說可以分散下樓取水果，一次下去3個人，在群組裡叫號下樓。主揪團購的人又擔心用酒精不當會失火，便在群組裡發了3遍以下的話：

你們消毒，用酒精，不要失火了！！！！！

你們消毒，用酒精，不要失火了！！！！！

你們消毒，用酒精，不要失火了！！！！！

司機昨天送的貨太多，團購物品改成今天送達。沒想到，送貨的人說今天路上有交通管制，沒辦法送來了。見狀，有人說：「明天車輛管制更嚴。」幾個人表示：「水果若今天到不了，就算了！」於是，組織團購的人就把錢一一退給了住戶。

今天的陽光也不錯。

8點多有清潔員在樓下打掃，也有人在散步。我吃完飯也下樓曬了會太陽。

有人穿著防護服在清理垃圾桶。

中午，我從窗戶向外看，有2個人在閒置的工地上

曬太陽。他們在那裡待了1、2個小時，有一個人總是坐著看手機，另外一個則喜歡走來走去，偶爾兩個人聊聊天，也沒別的事幹。

不知道他們為什麼可以出門，也許是所在的社區沒人管，又也許他們是滯留在這裡的建築工，不屬於任何社區。

他們在牆外，牆內有人在遛狗。

今天有人在群組裡分享團購經驗，說盒馬鮮生的菜現在很好搶了。很多人表示沒搶到過，還說：「這真是比雙11還刺激，去年雙11我都沒有這樣搶過。」那個搶到的住戶說：「要來回重整頁面，一般在9點59分結帳本來就沒到點，肯定會結算不了，但是這是為了搶先，所以要不斷地重返結算頁面。一般來說，重整頁面到10點整就可以付款了。」

今天群組裡討論最多的，還是別的封閉社區傳出有人確診的消息，於是有人提出要社區消毒。下午，物業

的人發通知請大家不要出門，要開始消毒了。

　　2棟和3棟又有住戶反映廚房排水孔水上湧的情況，物業便疏通了廚房的主要排水管線，說從裡面清出了塑膠袋、抹布等。

　　下午5點多，團購的芝麻醬到了。

網友留言：

- 有苦難言的感覺最無可奈何。人為了自保，大多都會選擇沉默……

- 不知為何看了這一天的文字心裡感到平靜的觸動，醒來仍想翻開重讀。

第九章

待在家很「幸運」，但不「幸福」

2月24日
修建過火神山醫院的地鐵工人

　　這兩天我在日記裡提到我和社區的一些住戶會下樓曬太陽，有人評論說「武漢的人還是不怕」，有人則說我們「心大」。

　　我不能代表所有在武漢的人，但我自己不是不怕，只是努力讓自己在困境中過得好一點點。很多下樓曬太陽的人可能跟我一樣，在家裡憋不住。下樓的人大都會戴口罩，跟別人講話也都保持著一些距離。

　　每天被困在家裡，不知何時會解封，我很心焦，也會感到絕望。

　　這幾天，我的身體開始感到疲憊。並沒有發燒，食欲也還好，所以應該不是感染肺炎，只是身體對無力感的一種反應。

　　我們要如何理解和尊重別人不同的生活方式？這很難，需要覺察和練習。

現在很多家庭內的爭吵大多跟不同的生活習慣和生活方式有關。人們按照一般的、大眾的標準生活會相對容易，選擇另類生活的人往往會得到一些非議。

很多人會用自己的標準去評判別人，而不去理解別人的不同。

如果一個家庭裡女人沒有那麼愛收拾，家裡稍微亂一些，就會有人批評這個女人沒有盡到本分。

昨天的晚餐是冬瓜炒肉和稀飯。

晚上和朋友們聊天。有人做了鍋盔，[1] 有人去爬了山。有人出門看到好多店都開門營業，像是恢復了往常。

我們談到對過度安檢的不滿。

有個朋友說，有一次她在一個地鐵站過安檢的時候安檢機壞了，朋友讓安檢員用手上的安檢儀器掃一下，

---

1 一種烤餅，形狀圓且厚，像鍋蓋一樣。是陝西、甘肅的傳統麵食小吃。

安檢員表示不行，非得要她過另外一個安檢機。朋友本來就對地鐵安檢有意見，這個時候就更加惱火。於是她徑直走進了地鐵，沒想到安檢員跟了她兩站，還叫來了站長和員警。她最後還是在另外一個站過了安檢機。她表示不滿，地鐵的員警說她要是不滿意地鐵安檢的規定，可以去投訴。可是，一個人的力量能改變地鐵安檢的規定嗎？

安檢員為什麼要這麼認真？因為他們擔心遇上「秘密客」。「秘密客」會假裝成乘客，故意不過安檢，實則是對安檢員的測試，如果他們讓這個「秘密客」過了，他們就麻煩了。「秘密客」的存在讓安檢員覺得自己時刻被監控，不敢掉以輕心。

不合理的規定，必然會造成執行者和不願接受規定的人之間的衝突。

今天的陽光有點吝嗇，10點多就沒有了。

氣溫明顯有所升高，我和平常穿的一樣，厚毛衣加外套，但開始覺得有點熱。白天在房間裡，我都開著

窗戶。

社區的藍色圍欄有兩處被暴風雨吹破。今天有3、4個人從旁邊的工地上搬了一些圍欄來修補。我下樓跟他們聊了一下。原來是物業讓他們來修的，為了防止有人跳牆。

這些人是地鐵公司的工人，因為封城也被困在了武漢，住在旁邊的組合屋裡，其他和他們一樣困在這裡的一共有9個人。

他們曾去修建過火神山醫院。

有一天11點多臨時接到通知，公司派車接他們過去，第二天早上才送回來，一共去了4天。他們說，修建火神山的工人都是兩班制。結束了在火神山的工作之後，他們也隔離了15天。

他們幾個是技術工，現在很多社區找他們幫忙做一些維修工作。其中有個人說：「現在硬是把技術工當作勞動工。」公司會發口罩給他們，他們去火神山醫院工作有補貼，封城期間也還是有工資。

地鐵工人。

封鎖期間，公司有專門的廚師做飯給他們吃。一開始公司還會發水果，但現在水果很難買到了，就只供一日三餐。

他們說，封社區之後，外面的便利商店和小超市都關了，只有大超市還開著，不過超市只接受社區和物業的團購，個人進不去。他們現在的出入雖然沒有特別受限，但還是需要跟公司報備一聲。

他們說現在大部分時間都在屋裡待著，不太擔心感染。我問他們：家人會擔心嗎？有個人說：「假如今天家人打電話找我我沒接到，就會有親戚不斷打電話，打到我接電話為止。」

有個男人騎著電動車帶女兒在社區裡轉，擋風罩裡還有1隻小狗。

11點多，物業通知大家去拿團購套餐，說還有11份雞翅和7份雞胸肉，先到先拿。於是，今天物業辦公室門前排隊領團購的人比平常多，大家排隊的時候都有

自覺地和前面的人保持距離。

平時下樓散步時我很少見到女人，這次領團購時，下樓的女人多了一些。

我們預定的團購套餐是：豆乾、腐皮、寬粉、豆腐、饅頭、吐司，50元／份。我拿到的是：2包豆乾，1盒豆腐和1袋發糕，共14.2元，和預定的不一樣。我剛好拿到了最後一袋雞胸肉，價格是13元。

我把團購來的食物拿回家放在門口的地上，然後就去做飯了。下午物業的工作人員說豆腐壞了，1份3.5元，請大家下樓退款。有人表示打開盒子後發現豆腐是黏的。有人問：「下次團購抵扣行不行，免得又下樓一次，增加風險。」物業的人回復道：「下次團購抵扣也可以。」有人嫌麻煩，表示不退款了，有人則說：「不退款不是便宜超市了嗎？」有人在群組裡分享了把豆腐做成腐乳的做法。

前幾天網路上有很多超市隨意漲價的爆料消息，例如團購裡有不合理的套餐，引發了很多討論和關注。今天有人在群組裡發了生鮮事業部的通知，制定了「社區

套餐供應模式」的價格，具體如下：

1. 推出「民生蔬菜10元套餐」，具體為：3種菜，共10斤，10元。（有大白菜、高麗菜、白蘿蔔、紅蘿蔔、馬鈴薯5種，每套餐裡的項目不少於3種。）

2. 所有生鮮商品按照1月16日—1月22日的平均價格販賣（＊我沒查到價格到底是多少。）

3. 政府儲備凍豬肉售價調整：精瘦肉15.5元／斤、五花肉18.5元／斤、肋排25.7元／斤。

有人回覆說：「政策挺好，問題是這個訂不訂得到？」

前幾天有人問有沒有魚的團購，今天物業便組織團購活魚。我沒有處理過活魚，就沒有接龍購買了。

下午，社區裡響起了喇叭聲：「社區居民請注意，街道消毒車現在到社區進行消毒工作，請大家注意安全，關好門窗。」

有人在微信群組裡提醒大家關窗，還拍了張照片到群組裡，提醒有人忘了收衣服。

　　供電局的樓裡今天下午又在用大音響放音樂，比平時熱鬧了一些。

網友留言：

- 感謝妳每天的記錄。當下的武漢，普普通通的一對父女1隻小狗都能動人心。

- 不單武漢這樣，全國的物價都在緩緩上升。我每次出去採購三家人的口糧，送完都要回來算帳，壓力挺大的。我也希望疫情趕快結束，但……也許只是個美好的想法吧……現在我這已經開工了，看著排成一列的轎車、坐滿了人的通勤車，菜市場人擠人的大爺大媽，心裡不禁一顫。

- 你們社區真好，我們社區都不讓人搞團購，我們自己發起，還會被其他業主說不要命。

2月25日
我很少想到解封了

有很多人問過我：解封後第一件事會做什麼？

很多人都想吃火鍋，我一開始也想。吃火鍋要和大家一起才有氛圍。中國人習慣大家一起合餐，可以吃到更多種菜。

不過，解封後，要大家再度放心地聚集起來也非易事。

現在我很少想到解封。武漢的現存確診人數有3萬以上，解封遙遙無期，想也沒用。

仔細思考了一下，我覺得解封跟封城，可能是兩回事。

解封是一個過程，不會像封城一樣是一個臨時性的決定，第二天迅速就能夠實施。現在一些城市的新增確診人數為0，現存的確診患者人數也已經在下降，也有許多城市已經在降低封鎖的程度。然而，還有很多人依

舊不敢輕易出門。

　　這大概是封鎖的後遺症，很難一下子消除。

　　所以，我在想，有許多人最終可能會先試探性地出門，在人少的街道、廣場、公園逛一逛，去超市買一些食材，回家做頓大餐。一些餐廳則會試探性地營業，一開始只做外賣，然後再慢慢讓人在店裡就餐。

　　昨天的晚餐是芹菜炒肉和稀飯。

　　晚飯後和朋友們聊天。大家講到自己的工作經歷，有人曾在房地產公司做財務，公司的人事會管女性的衣著外表，提醒女性要化妝；公司還要求女性必須穿禮服參加年會，負責清潔工作的阿姨沒有禮服，不想參加這個活動，人事就對她說：「妳覺得自己不是這個公司的一員，就別參加了。」阿姨很為難，幸好有個女同事多帶了一條裙子，才化解了難題。

　　在這樣的工作環境中，個人必須遵從集體的安排，沒有拒絕的權力。

有人以前在做都市規劃的公司工作。公司會接一些政府的小專案，員工在工作中很少有能夠自己發揮的空間，她覺得自己是一個可有可無的螺絲釘，無法找到工作的價值，曾哭著打電話給媽媽問：「人為什麼要工作？」媽媽告訴她，是為了賺錢養活自己，可是她覺得如果只是養活自己，那她也不必非得待在那間公司，於是便離職投身公益。

這些年，我身邊很多同齡人長時間失業，或者頻繁地換工作，只為找到適合自己的工作，希望能夠在工作中發揮自己的價值。

現實很殘酷，本來年輕人的社會資源就少，需要試錯的機會，可是很多行業受到各種管控和限制，堅持社會理想的年輕人很難為理想施展拳腳。很多人迫於生計，又不得不做著自己不喜歡的工作，就會產生內心衝突，因此拖延、抑鬱的人不在少數。

今天的陽光很好，昨天騎車在院子裡逛的男人、小女孩和小狗，今天也到院子裡玩，小女孩的奶奶也一道

下來了。

小女孩叫彤彤（音），狗叫小步（音）。

彤彤帶了一部兒童滑車在玩。玩了一會後，她讓奶奶幫她把小步抱上了滑車，她在前面牽著繩子走。

有一戶1樓的人家在陽臺上曬太陽，彤彤的奶奶跟他們隔著窗子對話，她說：「戴口罩在空曠的地方沒關係的。」有個抱著小孩的女人對自己的小孩說：「我們也有這個車，我們也戴口罩下去玩好不好？」她的小孩年紀很小，不會講話，於是女人看起來像是在跟自己講話。他們一家人最後也沒出來。

突然，有歌聲從樓上的某個房間傳了出來。

院子裡有三兩成群聊天的人、那個放戲曲的男人，有些熱鬧，我便沒聽到樓上的人唱了什麼。

有2個社區的人在樓下貼了「防疫公告欄」，上頭寫了不同的人擔負的責任和聯繫方式，有社區書記、網格員、物業、安保、社區工作者、志工等。

社區裡牽著車走的小女孩。

隔著窗戶對話的鄰居。

今天早上，物業工作人員在群組裡報體溫：「1-6
＊2三人體溫正常」。大家就自覺地也跟著報體溫。

　　物業的人還在群裡發了通知：「請大家注意：每天
社區都會消毒，屆時聽到消毒的廣播聲請業主關好門
窗，謝謝配合！」不過，今天我沒有聽到廣播聲。

　　有人發了團購套餐到群裡，大家開始問：

　　「有沒有要訂蔬菜和水果的啊？」
　　「肯定也得社區聯繫吧。」
　　「這家的套餐怎麼訂啊？」
　　「家裡冒得菜（武漢話：沒有菜）了，可不可以買
點菜？」
　　「現能出去買點菜嗎？」
　　「主任，能把社區電話告訴我嗎？」

　　物業的主任於是把電話號碼貼到群組裡。

有住戶說：「上週我們這邊所有團購的我都打了電話，要麼沒有貨要麼沒人送。」

「我們社區團購人數少了，別人不想送，他們巴不得送就送一大車，這樣好賺錢。」

「不送就打市長熱線。」

最終，有人找到一個團購的幾個套餐，有蔬菜套餐、水果套餐、肉套餐。有人在群裡發了個團購接龍，大家便都跟了上去。

有人發了張圖片，是10元特價蔬菜包，問：「主任，可不可以跟社區申請政府補貼菜呀？」

主任表示：「我已經和社區聯繫好了，他們會再和廠商聯繫。」

網友留言：

- 我也好想吃麻辣燙、烤串、炸串呀……

- 殘酷的現實是永遠回不到從前了，這座城市會荒蕪成廢墟。

- 之前看到有人討論，怎麼對「疫情結束」下定義，發現有很多不同的看法。有人說恢復生產，有人說恢復交通，還有人說2020年過後才算……五花八門，感覺很有意思。

2月26日
不知何時才能再走出那扇門

社區群裡今天發了一個《武漢居民倡議書》，倡議的核心有兩點：一是社區團購適可而止，只團即需食品；二是少製造垃圾。這次是倡議，而非強制性命令，也算是進步。可是團購現在只有社區和物業才能統一購買，很難再進一步控制了。

這個倡議書為了說服大家，寫到：

一線的醫護人員在拚命的同時，後方也有一群沒沒無聞的人們在保障我們的日常生活。我們每個能夠幸福地待在家的人，不能衝鋒陷陣至少可以不添亂，不去給別人增添太多的麻煩，這也是在做貢獻！

這讓我不適。

不管人是否在武漢，我們都看到了醫護人員的付出、理解醫護人員的辛苦，很多志願團體也在盡力提供

醫護人員支援。諷刺的是，社交媒體上轉載的廣東省第一批援助武漢的醫護人員發表在《柳葉刀》（*The Lancet*）[2] 上的一封信，卻被刪了。這封信的標題是〈中國醫務人員請求國際醫療援助對抗COVID-19〉（Chinese medical staff request international medical assistance in fighting against COVID-19）。信中講到防護設備嚴重短缺，講到醫護人員的心理壓力，他們也感到無助、焦慮和恐懼。於是，他們請求世界各國的醫護人員來到中國，幫助我們抗擊疫情。

連這樣的一封信，都要被刪。

所以，究竟是誰不想看到他們的艱辛？

目前，醫護人員感染的人數是3,387，有22人殉職。

---

2 著名國際醫學期刊，臺灣中譯名為《刺胳針》。2月24日，該期刊刊登了廣東醫護人員Yingchun Zeng和Yan Zhen的投書，後來又撤下，理由是作者要求撤文。

現在只能待在家裡的人可能是「幸運」，但根本不是「幸福」。

什麼是不添亂？

那個在爺爺去世幾天後也沒有向外求助的小男孩沒有添亂。爺爺在浴室突然昏厥後，他叫了2個小時，爺爺沒有回復。他聽爺爺的話「外面有病毒，不能出去」。於是，他在家吃了幾天餅乾維生，直到社區工作人員上門排查，才發現了這個悲劇。[3]

昨天的晚餐是冬瓜炒肉和稀飯。

晚上和朋友們閒聊了一會，後來我實在太累，就先睡了。

沒想到，我和朋友們一聊就是1個多月，沒有間斷過。

---

3 編注：此事件於2月24日發生於湖北省十堰市，經一名財經博主「獸爺」向社區書記求證後發於自己的社交媒體帳戶貼文講述。

這是在封鎖中一份特別的陪伴。

昨晚9點左右下起了雨，連續下了幾個小時，外面的雨打在遮陽板上滴滴答答地響個不停。

我做了一個夢，不記得夢裡的細節，只記得有很多人。早上半睡半醒的時候，我掙扎著想起床，卻又有些留戀夢中的人。

早上8點鐘醒來，外面沒有在下雨了，天是陰的。聽戲曲的那個男人已經在樓下散步。他的堅持讓我有些敬佩。

上午，物業在群裡發了資訊：「大家好，最近我觀察到大家需要水果、蔬菜、肉，為此今天先推薦水果清單，大家看一下，如需要在中午1點鐘之前訂好，爭取晚上之前貨到社區。」水果種類還挺多，一種水果一個套餐，都是50元，有砂糖橘、水晶紅富士蘋果、皇冠梨、蘆柑、帕帕柑等。

於是，有人搞起了水果的團購接龍。

有人提出：「水果大家任選，每家都不一樣，賣家

分得清嗎？不如挑幾樣大家都認可的組成一份，定個價，再接龍。」

物業的主任回覆道：「盡量滿足大家的需求，就是我們麻煩一下。」過了一會兒，主任又在群組裡發：「現在有少量的愛心物資，請業主盡快來辦公室領取。」

有人問：「主任，是什麼東西啊？」沒人回覆。

我想著下樓到院子裡走一圈，就下樓領了物資，原來是一包粉絲。領了後，我拍照發到了群組裡。有個人穿了睡衣下樓領粉絲。有人從社區外面回來，見到他，我充滿了羨慕。

不知道何時我才能再走出那扇門。

下午，前兩天團購的魚到了。

2點多，物業又發了1個蔬菜套餐和肉食套餐到群裡，這2個套餐是昨天有個住戶發到群裡的，大家已經接龍團購過了。

有人問：「主任，先前的接龍是不是作廢了？」

主任答道：「你們先前接龍的事我不知道。」大家只好再搞一個接龍。

物業的主任說：「我們社區接龍要30份以上，如果達不到數字我們只能等和別人拼單了。」

　　大家都很著急，有人仔細核對接龍的資訊，發現有的人沒接上，有人提醒：「還沒有接龍的繼續哦。」最後終於湊足了30份，但主任說：「我已把接龍發給社群，我得到的通知是廠商可能又有變化，一天一個樣，等會社區會把廠商的套餐發過來，我再轉發給你們。」

　　不知道今天團購的套餐是否會成功。

　　有人提出建議：「建議主任@全部人，不然很多大哥大姐不見得看得到資訊。」這個人還耐心地在群裡發了群主@所有人的步驟。

　　有人問：「社區有沒有人家裡有多餘的菸呀？20塊以下的都行，1條以內都可以。」就有人發了一個群組的QRcode說：「這裡有賣菸，送達時不接觸買家！」

　　又有人問：「請問鄰居們有沒有酵母粉啊？賣我幾包。」沒有回應。

之前組織大家買水果的女人很有門路的樣子。

她說她爸爸前幾天給她送了一箱水果，夠吃一個月。她在水果拼團的小群組裡發了很多東西問有沒有人要買，有榨菜、佐料、韭黃、蒜苗、洋蔥、荷蘭豆、撒尿牛丸。她說：「封城第一天，我就在超市買了10桶2斤裝的麵條。家裡人多，佐料都是整組買。」

現在看來，她真有先見之明。

網友留言：

- 現在是不是每天就光想著買啥吃、能買到啥啊？

- 哈哈哈，一聊1個月，每天3小時，一群人快要變成老夫老妻無話可說了。

2 月 27 日

一切猶如昨天

一切猶如昨天，
明天也將如此，
有人已死去，
有人在犧牲，
有人在發聲，
有人在闢謠，
有人在投機，
有人掃大街，
有人睡大街，
有人在團購，
有人送快遞，
有人不出門，
有人在散步，
有人躺在家，
有人已復工，

有人被家暴，

有人常年做家務。

網友留言：

• 今天話少了。

• 累了就停一停，不適應這麼少的文字，擔心妳是
否還好。

• 郭晶都開始寫詩了。

第十章

努力發聲

2月28日
重複容易讓人厭倦

疫情中的家暴正在浮出水面。

封鎖增加了受害者求助的難度，也增加了反家暴支援工作的困難。

有個深圳女孩被前男友史某抓住頭往牆上撞。她很勇敢，2月19日逃離後報了警。為了驗傷，她不得不去醫院，還在醫院做了新型冠狀病毒的檢測。

女孩希望可以追究施暴者的責任，可惜，調解員對她說：「他的工作這麼好，妳這樣會毀了人家。」2月26日，女孩把她的經歷發到網路上，寫道：「希望能改變什麼，這不只是我一個人的事。」有10萬餘人轉發了她的微博。

2月27日，深圳市公安局南山分局發了通報，史某被行政拘留5日並罰款200元。對於調解員用語不符規範的行為，警方將加強教育，並對報案人表達歉意。遺

憾的是，從這通報裡，看不出這是一起家暴案件。

　　我也接到一些關於家暴的求助。

　　有幾個求助者是因為疫情不能上學的中學生、大學生，他們天天面對父母的爭吵和暴力而不知所措。即便有困難，受害者還是在求助，那我們就要盡力讓她們看到有人在支持她們。為了和大家一起討論和學習可以做什麼，我聯繫了朋友做一個線上直播講座，她有20多年防治性別暴力的經驗。

　　昨天上午，有輛車從外面來，車上坐的全是清潔工。他們下車後背上噴霧箱，分散到各樓裡去消毒。有人在給他們拍照。

　　社區裡有隻純黑的貓在到處亂竄。院子裡沒啥人，有個男人在抽菸。

　　有人到社區門口去收了快遞，有一排雞蛋，和一個冰紅茶的箱子，不知道裡面是什麼東西。

　　有個人在院子裡跑步。

下午，團購的水果到了。

我買的是一份8斤的砂糖橘，50元。大家都說物業團購的水果品質很好，紛紛表示感謝。有人在家裡做了炸雞腿，拍照發到群組裡，外焦裡嫩的，旁邊還灑著胡椒麵，大家都被饞得不行。

昨天的晚餐是高麗菜炒肉和稀飯。

晚上，物業的工作人員問：「大家好，是否需要熱乾麵？4斤／18元，需要就登記一下。上回沒有買芝麻醬的業主，現在需要嗎？」好幾個人說要。

上次團購的熱乾麵還搭配了麵粉，我就沒要，這次就跟上了團購接龍。

我跟朋友說起我要第一次學做熱乾麵啦，不過只有芝麻醬和辣椒。有個湖北的朋友說：「熱乾麵沒有蔥和芝麻油就沒有靈魂。」我又從那個有門路的女人那裡，買了1瓶醋和1斤榨菜。我說：「不著急，下次下樓領菜的時候給我就好。」她倒是熱心，說：「我老公現在下樓放妳家門口。」我們還沒約定好怎麼面交，她老公就下來了，我便開了門。她老公戴著口罩，把東西遞給

我就走了。

這幾天一直是陰天，今天又下了雨，我就沒下樓去了。溫度降低了，我又開起了空調。

社區的群組裡時不時有人發心靈雞湯類的文字，沒人回應。

早上，有人發了一段影片，內容是某社區外面有一些人在社區門口三五成群的聊天，聊天的人都有戴口罩，解說影片的人說社區的人也不管這情況。

群組裡有人說：「請不要再轉發了，被關在家裡的我們其實看了心情並不能多好。這些人不配合自會被請去公安局的！」

有人說：「有關生活物質的發在這，其他無關的請發自己的親友群組。」

又有人說：「群組裡確實可以少發點影片，不然接龍團購跟收菜的資訊容易被洗掉。」

被困在這裡，每天的生活又似乎一成不變，這讓我

有點煩躁。

重複容易讓人厭倦，但改變也非易事。改變需要我們對自己慣常的行為模式有所覺察，並嘗試走出自己的舒適區，打破常規。

今天有好幾個人都問：「訂的蔬菜有消息嗎？」

物業的主任每次都說：「在等廠商倉儲的電話。」

有人發了一個199元的澳洲牛腱子肉的團購，上面寫著「順豐直郵」。她前天買的，今天收到了。她還在群組裡問：「3棟哪家有老抽醬油？賣我一瓶，滷牛肉沒醬油了。」

有人問：「主任，有沒有團購米的？」

主任：「沒有。」

網友留言：

* 看到妳認真吃飯（沒有吃泡麵）、認真運動，真好！

* 保護好自己哈！

* 封城這麼久了，好想吃牛肉。

2月29日
我想講一講那些在努力發聲的人

業主群組裡那些喜歡發心靈雞湯文的人不再發了。

儘管我一向不喜歡雞湯文，但我想，對貼文的人來說，堅持發這些文還是起到了心理安慰的作用。他們不發了，不知道現在拿什麼來支撐自己。

在巨大的災難面前，人們的信仰會受到挑戰，有的無神論者希望有一個救世主來解救受苦的人，有些教徒這個時候開始懷疑是否有一個救世主。

作為一個無神論者，我不期待有救世主，也知道自己的渺小，但依舊希望可以為改變貢獻微小的力量。

今天，我想講一講那些在努力發聲的人。

前段時間看到一個線上專案，叫「未被記錄的TA們」，在搜集那些未進入疫情通報、未被確診的、疑似死於新冠肺炎的案例，以銘記逝者。

這群志工在為無聲者發聲，TA們自己一定程度上

也是無聲者。

疫情期間，被刪除的資訊很多，TA們想要記錄也非易事，微博文章發出後也很快被刪除了，但TA們依然在堅持搜集案例。我和TA們聊了一些，因為TA們的堅持也值得被記錄。

運行這專案的團隊，是一群關心社會發展的年輕人，也氣憤於不公的社會現實，有時候想做事，但又不確定自己可以做什麼，經常會有無力感。幸好TA們遇到彼此，能夠湊在一起做一些事。肺炎發生後，TA們相互討論看可以做什麼，於是就有了這個項目。

下面是我跟一個志工的對話：

我：這次肺炎對你有什麼樣的影響？

志工：很幸運的是，我和我身邊的人都沒有感染。但是我覺得這次肺炎對我的影響很大，封鎖是一個強制性的措施，將每個公民原子化，讓我們在感到無力和絕望的時候不知道該如何求助。另一方面看到那些絕望求助的聲音，我非常害怕人們會在一切結束之後忘記這

些，就像我們一直以來做的那樣，所以我很希望能夠找到一種方式，讓大家記住。這也是我個人想做這個項目的原因之一。那種行動的欲望很強烈。

我：你們開始做這個專案後，你自己的狀態有變化嗎？

志工：其實沒有太多變化，尤其是每次整理那些求助資訊的時候，都很想大哭一場。而且我好怕我在做這樣瑣碎的工作時一不小心就把他們當成了一個資訊、一筆資料，害怕自己看不到或者忘記背後這些家庭的掙扎，害怕自己麻木，害怕自己把它當成一項瑣碎的工作。但好在，還沒有。只是我發現行動本身似乎並不能改善狀態，行動不是一種自我救贖，行動可能甚至改變不了什麼，但是我們仍然需要行動，就像卡繆表達的那樣，薛西弗斯無法成功，薛西弗斯永不放棄。另外特別開心的是，有夥伴一起，我覺得更廣泛的夥伴之間的連結是改變的開始。

我：你們在搜集資訊的時候如果有很多情緒的話，

會怎麼處理呀？

志工：我們好像沒有那麼嚴密的解決方法，因為人手一直短缺……大家甚至沒討論過這個問題，我也不知道是不是在刻意回避，不過就我個人的話，可能不會刻意去處理吧。我覺得情緒是很真實的，也是一種讓我做下去的動力。好在我有貓，看到牠們就覺得自己還扛得住。

我：你印象最深刻的案例是哪個？

（他給我發了林君的案例。林君是武漢市中心醫院南京路園區門口的小賣部老闆，一名醫生寫了紀念他的文章，寫了醫院的醫護人員平時請林君幫忙送水、收快遞。他們沒帶錢，在林君的小賣鋪拿水喝，拿餅乾吃，不定期地結算，雙方都不一定記得清楚金額，就彼此商量著給錢。林君感染時床位不足，沒能安排上床位，很快就去世了。）

志工：其他很多案例更多是（在微博上）求助，或者救治的過程（被媒體報導），不像這個，讓我真真切切感受到這些死去的都是人，可能就是我們身邊店鋪的老闆，對我的衝擊最大。

這個志工已經復工，目前在家辦公，每天會花1個小時搜集和計畫相關的資訊。這個專案志工人數不多，目前搜集了130多個案例。有興趣的朋友可以關注TA們。

昨天的晚餐是芹菜炒肉加稀飯。

晚上物業的主任說有20袋左右10公斤的米，明天可以拿到，先到的人先拿。我家裡還有20多公斤的米，一個人吃不了那麼多，就沒有買。

今天天氣開始放晴，天空是淡淡的藍色，溫度還沒有升上去，依然有點涼。我到樓下走了走，早上11點多，米就送到了。

有人下樓拿米，有人出來遛狗。

今天院子裡有3隻白色小狗，其中2隻試圖交配，其中一隻狗的主人很尷尬，把本來解開鏈子的狗又綁上了。另外那隻白狗的主人不在，牠照樣追著被牽著的那隻狗，被牽著的狗也在努力掙脫。

下午，芝麻醬和熱乾麵到了，大家喊了幾天的蔬菜和肉套餐也到了。50元的蔬菜套餐裡有芹菜、生菜、茄子、豌豆角。我沒有做過豌豆角，又要學習做一種新菜啦。

那個有門路的女人在群組裡發廣告：

現貨現賣　醋：7元／瓶。
現貨現賣　鹽：4元／袋。
現貨現賣　雞蛋：25元30個。
現貨現賣　麵條：10元2斤。
現貨現賣　奶黃包：13元／袋（12個）。

1號樓：在每層樓電梯口拿貨
2、3號樓：在停車場拿貨

（保持距離！！！）

網友留言：

• 我佩服那些敢於直言的人們。

• 我這兩天正在讀卡繆的《薛西弗斯的神話》，看到妳的日記覺得真的太巧了。或許這荒謬的世界，讓許多人相似了起來。

• 期待熱乾麵！

• 有門路的女人太棒了。

3月1日
一切悄無聲息地發生

昨天，有個在湖北的朋友說，她媽媽從小就認識的好朋友因為肺炎隔離13天後跳樓，之後直接被火化了，沒有通知家人。

這個消息是朋友的舅舅通過關係從公安部門得知的，據說死者的家人至今都不知道。朋友的媽媽不敢相信這是真的，不知所措，就給好朋友發了訊息。

不知道這一切是怎麼就悄無聲息地發生了。

難道她被隔離後就不能跟外界聯繫了嗎？
她的死亡要怎樣才能瞞得過去？
解封後，她的家人找她的時候，政府要如何回應？

會有多少人在解封後，發現自己被隔離的家人消失了呢？

我的朋友問：「到底是病毒殘忍，還是人殘忍呢？」……

　　（未完）

郭晶仍持續記錄封城的每一天，你可以透過以下平臺持續關注她：

臉書搜尋：「郭晶（Guo Jing）」

Matters：https://matters.news/@GuoJing

微博：https://m.weibo.cn/u/1842762530?jumpfrom=weibocom

微信：1461177244

封鎖什麼時候解除呢？沒人知道。

但在那之前，在那之後

讓我們，一起成為連結點。

聯經文庫
武漢封城日記

2020年3月初版　　　　　　　　　　　　定價：新臺幣350元
2020年3月初版第二刷
有著作權·翻印必究
Printed in Taiwan.

著　　者	郭　　　晶
叢書主編	黃　淑　真
校　　對	馬　文　穎
內文排版	極　翔　企　業
封面設計	兒　　　日

出　版　者	聯經出版事業股份有限公司	副總編輯	陳　逸　華
地　　　址	新北市汐止區大同路一段369號1樓	總經理	陳　芝　宇
叢書主編電話	(02)86925588轉5322	社　長	羅　國　俊
台北聯經書房	台北市新生南路三段94號	發行人	林　載　爵
電　　　話	(02)23620308		
台中分公司	台中市北區崇德路一段198號		
暨門市電話	(04)22312023		
台中電子信箱	e-mail：linking2@ms42.hinet.net		
郵政劃撥帳戶第0100559-3號			
郵撥電話	(02)23620308		
印　刷　者	文聯彩色製版印刷有限公司		
總　經　銷	聯合發行股份有限公司		
發　行　所	新北市新店區寶橋路235巷6弄6號2樓		
電　　　話	(02)29178022		

行政院新聞局出版事業登記證局版臺業字第0130號

本書如有缺頁，破損，倒裝請寄回台北聯經書房更換。　　ISBN　978-957-08-5498-5 (平裝)
聯經網址：www.linkingbooks.com.tw
電子信箱：linking@udngroup.com

本書圖片除肖美麗之畫作外，餘皆由作者提供

國家圖書館出版品預行編目資料

武漢封城日記/郭晶著 . 初版 . 新北市 . 聯經 . 2020年
3月 . 312面黑白＋8面彩色 . 14×21公分（聯經文庫）
ISBN　978-957-08-5498-5（平裝）
［2020年3月初版第二刷］

855　　　　　　　　　　　　　　　　　　　109003352